EIN MD-TASCHENBUCH

C. H. GUENTER

Die Welt der Lady X

ERICH PABEL VERLAG GMBH, 7550 RASTATT

MD-Erfolgsnachdrucke erscheinen monatlich
im Erich Pabel Verlag GmbH, Pabelhaus, 7550 Rastatt

Titelillustration: Norma/Segrelles

Druck und Bindung: Elsnerdruck, Berlin
Verkaufspreis inklusive gesetzliche Mehrwertsteuer
Alleinvertrieb und Auslieferung in Österreich:
Pressegroßvertrieb Salzburg, Niederalm 300,
A-5081 Anif
Einzel-Nachbestellungen sind zu richten an:
PV PUBLIC VERLAG GmbH, Postfach 51 03 31, 7500 Karlsruhe 51
Lieferung erfolgt bei Vorkasse + DM 3,50 Porto- und Verpackungsanteil
auf Postscheckkonto 85234-751 Karlsruhe oder per Nachnahme
zum Verkaufspreis plus Porto- und Verpackungsanteil.
Abonnement-Bestellungen sind zu richten an:
PABEL VERLAG GmbH, Postfach 2362, 7550 Rastatt
Lieferung erfolgt zum Verkaufspreis plus ortsüblicher Zustellgebühr
Printed in Germany
ISBN 3-488-20446-4

1.

Als einzigem unter zwei Dutzend Reportern gelang es Cliff Eliot, einen Platz in dem Transportflugzeug zu ergattern. Erst hatte er den Posten am Flughafenzaun bestochen, dann den Tankwagenfahrer, und jetzt bearbeitete er den Piloten der De Havilland.

„Was Sie vorhaben, Señor, ist Wahnsinn", sagte der Pilot, als er den Amerikaner im Laderaum entdeckt hatte. „Los, steigen Sie wieder aus!"

„Ich räume nie einen Platz, den ich mal eingenommen habe."

„Dann muß ich die Polizei rufen."

Cliff Eliot zeigte ein Bündel Dollarscheine. Doch dem Piloten hatten seine Rettungsflüge offenbar so viel eingebracht, daß er auf Papiergeld nicht ansprang.

„Aus dem Mesa Grande kommen Sie doch nicht lebend raus", warnte der Pilot. „Das kann ich nicht verantworten. Was seid ihr bloß für verrückte Burschen."

Cliff Eliot war nicht verrückt, nur clever und äußerst ehrgeizig, als Sensationsreporter die Nummer eins der amerikanischen Presse zu bleiben.

„Seit Wochen war kein neutraler Beobachter mehr da oben", erwiderte Eliot, ohne sich von der Stelle zu rühren.

„Genügt es nicht zu wissen, daß sie im Landesinneren krepieren wie die Ratten, wenn Gift gestreut wurde? Verlassen Sie jetzt mein Flugzeug, Señor!"

Nun versuchte es Eliot anders.

„Sie fliegen Lebensmittel und Munition hinauf, und Leute, die Ihre Wucherpreise bezahlen können, herunter nach San Salvador. Davon schreibe ich nichts. Aber ich werde Sie als den Engel von Salvador groß in unseren Zeitungen herausstellen. Das verhilft Ihnen leichter zu einem Job als Linienpilot, wenn hier alles auf Null ist."

Der Pilot schien nachzudenken.

„Man läßt Sie droben gar nicht erst aus der Maschine. El Salvador ist dicht. Das Hochland ist für Sie so unbetretbar wie die Hölle für die heilige Barbara."

„Deshalb muß ich hin, Mann."

Wie angenagelt saß Eliot auf seinem Matchsack. Den Kamerakoffer aus Aluminium hatte er zwischen die Füße geklemmt.

„Es ist ein totes Land, Señor."

„Gerüchte."

„Das Militär mordet nicht nur, es schlachtet ab. Ich habe die Köpfe von Miskito-Indianern gesehen. Sie zierten kilometerlang die Zäune."

„Ich glaube nur, was ich auf dem Film in meiner Leica habe", erwiderte Eliot.

Vor so viel abgebrühter Hartnäckigkeit kapitulierte der Pilot schließlich.

„Vamos!" sagte er. „Amerika bezahlt den Massenmord mit jährlich vierzig Millionen Dollar sogenannter Militärhilfe. Warum soll man in Washington, in Rom und in London nicht erfahren, was daraus geworden ist."

Die alte Zweimotorige wurde mit Nachschub vollgepackt. Cliff Eliot saß mitten drin zwischen den Benzinfässern und Munitionskisten. Deshalb wurde er bei der Abflugkontrolle nicht entdeckt.

Das überladene Flugzeug startete in der Mittagshitze und kam nur mit Mühe vom Boden weg.

*

In der trügerischen Hoffnung, das landende Flugzeug bringe irgendwelche Hilfe, krochen die halbverhungerten Flüchtlinge aus ihren Löchern und stürmten die Piste.

Sie gerieten in wütendes Sperrfeuer. Die Soldaten schossen von vorne und von der Flanke und von oben aus dem Hubschrauber. Ihre Maschinengewehrsalven mähten sie nieder bis auf den letzten Säugling.

Eliot hörte sie schreien. Doch bald lag Friedhofsstille über dem Flugplatz.

In der Dunkelheit verließ der amerikanische Reporter die De Havilland und machte sich auf den Weg in die kleine Stadt am Rande der Hochebene.

Ein Gestank von Schweiß und Erbrochenem lag in den Gassen. Aber es mußte sich um die Ausdünstung von Toten handeln. Eliot begegnete keinem Lebenden.

Der Weg war verschlammt von überlaufenden Latrinen. Seine Schritte scheuchten Ratten auf. Sie sprangen ihn an. Wütend trat er nach ihnen. Endlich kam er zur Kirche. Vor ihren blutbespritzten Mauern lagen die Leichen übereinander und keiner beerdigte sie.

Das einzige, was Eliot hörte, war der ferne Lärm von Soldaten, die sich in ihren Biwaks betranken und dazwischen der traurige Gesang einer Indianerin. Aber das Lied kam wohl von einem Grammophon.

Der Amerikaner fotografierte mit Blitz und superempfindlichem Film, was er in die Kamera bekam.

Keine Grausamkeit an den Körpern der Zerlumpten, der Nackten, der zu Skeletten abgemagerten, der Gefolterten und Geschändeten ließ er aus.

Dann versuchte er die Kirchentür zu öffnen. Nur mit Mühe gelang es ihm gegen den Widerstand von innen.

Was er dann im Licht seiner Halogenlampe sah, glich einem Horrorgemälde. Es war das Schlimmste, was Eliot, ein an allen Kriegsschauplätzen dieser Welt abgebrühter Reporter, je gesehen hatte.

Die Kirche war meterhoch bedeckt von scheinbar friedlich schlafenden Menschen, von Frauen, Männern, Kindern, Greisen.

Sie waren unverletzt. Nur an ihren Mundwinkeln klebte getrocknetes Blut.

Eliot schätzte, daß es sich um mehr als fünfhundert Tote handelte. Und ein merkwürdiger Geruch hing zwischen den Mauern. Nicht der von Verwesung, eher ein Duft, der an Birnen erinnerte, wenn sie von Vollreife in Fäulnis übergingen.

Nachdem er den Schock überwunden hatte, legte Eliot neue Filme in die Kameras ein und begann sie zu belichten. Meter für Meter.

Erst das Rattern einer Maschinenpistole, deren Kugeln Fetzen aus dem Gipsstuck rissen, ließ ihn innehalten. Er richtete sich auf, wandte sich um und fotografierte die zwei Soldaten am Kirchenportal.

Geblendet vom Blitzgerät feuerte der eine sogleich auf Eliot. Aber er traf nicht. Außerdem verweigerte die Maschinenpistole kurz darauf den Dienst. Entweder hatte sie Ladehemmung oder das Magazin war leer.

„Wer sind Sie, wie kommen Sie hierher?“

Eliot nahm an, daß sie das Aufleuchten der Fotoblitze angelockt hatte. Ohne lange Erklärung zeigte er seinen Paß und ein Papier, das ihn als Sonderkorrespondenten der Washington-Post auswies.

„Ich bin Amerikaner. Und das da ist mein Permit.“

„Von wem?“

„Von eurem Oberkommandierenden General Zonossa.“

Sie ließen sich nicht bluffen und, womit Eliot nicht gerechnet hatte, lesen konnten sie auch.

Sie nahmen Paß und Schrieb und diskutierten.

„Du willst uns aufs Kreuz legen, du Terroristenschwein“, sagte der Soldat mit der Maschinenpistole. „Das ist kein ordentliches Dokument. Außerdem ist General Zonossa gefallen.“

Eliot versuchte zu verhandeln. Dollars oder eine Goldmünze, verbunden mit ein paar anerkennenden Worten, hatten ihm bis heute aus jeder noch so brenzlichen Lage herausgeholfen.

Doch plötzlich hatte der zweite Soldat etwas in der Hand, das wie eine Farbspritzpistole aussah.

„Wer bist du?“ fragte der Soldat, „gib zu, daß du ein verdammter Spion bist.“

Nun beging Eliot den entscheidensten Fehler seines Lebens. Wie er es in zwanzig Berufsjahren gewohnt war, drückte er, selbst in großer Gefahr, immer erst auf den Auslöser.

„Was haben Sie da für eine Waffe?“ rief er und blitzte und fotografierte so schnell wie der Motor Drive den Film am Verschluß vorbeizog.

Irgendwann zwischen der 22. und 24. Aufnahme blieb der Film hängen. Cliff Eliots Zeigefinger konnte den Auslöser nicht mehr betätigen, denn Eliot verfiel in Bewußtlosigkeit. Sekunden später war er tot.

Aus seinen halb geöffneten Lippen sickerte eine Zähre Blut.

*

Auf Veranlassung des amerikanischen Botschafters, der erfahren hatte, daß ein Sonderkorrespondent ins Hochland geflogen sei und dort vermißt wurde, suchten die Truppen des Diktators nach Eliot. Ende April wurde Eliots Leichnam in einem Zinksarg nach San Salavador gebracht.

Die amerikanische Öffentlichkeit erfuhr lediglich, daß er bei einer Frontreportage zu Tode gekommen sei.

Agenten des amerikanischen Geheimdienstes stellten seine Kamera und ein Taschen-Diktiergerät sicher. Zuerst wurden nur Filme und Tonbandkassetten beschlagnahmt.

Auf die Kassette hatte Eliot seine Eindrücke in der Kirche gesprochen und seinem Verdacht, hier müsse Giftgas eingesetzt worden sein, Ausdruck gegeben.

Die vergrößerten Abzüge der Eliot-Filme ließen einige Dinge erkennen, welche den Experten der CIA einen heftigen Schock versetzten.

Sie entdeckten schwere Hartholzkisten, die auf unerklärliche Weise nach El Salvador gekommen waren. Genaugenommen gab es diese Kisten gar nicht. Aber die Brennstempel und Aufschriften bewiesen es.

Auch beim besten Willen fand man keine Erklärung für ihr Vorhandensein.

„Wir lieferten niemals auch nur eine Unze Giftgas an El Salvador", erklärte ein Mann, der es wissen mußte.

„Wir lieferten auch nie an andere Staaten."

„Unsere ABC-Waffen verlassen nicht einmal grammweise die Depots."

„Und dieses Teufelszeug da erst recht nicht. Wurde es nicht längst vernichtet?"

Zunächst hatte man beabsichtigt, einige der Eliot-Fotos, soweit sie harmlos waren und nur Tote zeigten, freizugeben. Doch dann hätte man auch die Kameras freigeben müssen. Und dies war unmöglich, weil das Labor feststellte, daß sie radioaktiv strahlten. Rein zufällig hatte ein Geigerzähler in einem der Regale gelegen und durch Ticken angezeigt, daß es im Raum eine verseuchte Quelle geben müsse. Immerhin wurden 100 Milliröntgen gemessen.

Wieso Kamera, Filme und Recorder strahlten, wenn auch nicht sehr stark, dafür fand man absolut keine Begründung.

„Dann strahlt vermutlich auch Eliots Leiche", befürchteten die CIA-Fachleute, „wenn das bekannt wird, dann kommt eine Lawine ins Rollen."

„Ich bin bereit, meinen Kopf zu wetten", äußerte einer der Verantwortlichen, „daß wir in El Salvador keine Atomwaffen eingesetzt haben. Aber wer glaubt uns das noch."

„Die Überreste von Eliot müssen isoliert werden", entschied der Verantwortliche und funkte ein Telex nach Mittelamerika.

Wenig später kam von dort eine beruhigende Nachricht. Wie es hieß, war die Leiche des Reporters im Krematorium verbrannt worden. Eliot hatte es so in seinem Testament festgelegt. Sein einziger Verwandter, ein in Kanada lebender Neffe, hatte nichts dagegen eingewendet. Er ersparte sich dadurch eine Masse Scherereien.

2.

Morgens bei Sonnenaufgang ging er zum Fischen. Nur wenn es Hochwasser gab oder wenn Schnee lag, was in Portugal selten der Fall war, blieb er zu Hause.

Meistens fing er nur Kroppzeug, Barben, Stichlinge, ein paar Sardinen, die sich vom Meer in die Mündung des Alfeizero verirrt hatten.

Aber darauf kam es nicht an. Seine Wirtschafterin konnte im Hafen für ein paar Escudos feinste frische Biskayaware kaufen.

Dem alten Mann ging es darum, seine Zeit zu verbringen. Zwischen Bett und Frühstück stand Frühsport auf dem Programm. So fischte er eben. Nach dem Tee setzte er sich an die Schreibmaschine. Dort tippte er mit einem Finger sein Manuskript.

Er kam nur mühsam voran. Nach elf Monaten war er erst auf Seite neunzig angelangt. Aber er hatte viel Zeit. In seinem Alter brauchte man lange, um sich an alles zu erinnern.

An die Dienstjahre als königlicher Beamter in London, an die Weltkriege, an seine Tätigkeit bei der Abwehr, an seine zwei Ehen, von denen die letzte, weil er so übermütig war, eine Achtzehnjährige zu heiraten, als gescheitert betrachtet werden mußte. Diese Idiotie kostete ihn heute noch ein Drittel seiner Pension.

Nicht zuletzt deshalb hatte er sein Haus in Devonshire verkauft und sich an der portugiesischen Küste angesiedelt. Man lebte billig, vergleichsweise luxuriös und gesund, obwohl ihm die Sauberkeit der Luft mit seinen siebenundsiebzig Jahren kein allzu großes Kopfzerbrechen mehr bereitete. Er hatte keine Angst vor dem Tod, nur ein bißchen vor dem Sterben.

Bei einem Besuch in London, in seinem Club, war ihm letztes Jahr ein sympathischer Mann begegnet. Sie hatten viele Anekdoten ausgetauscht. Aber Winslows Geschichten waren besser gewesen. Später, als sich herausstellte, daß der andere Verleger war, hatte er Winslow gebeten, seine Memoiren zu verfassen. Er hatte sogar Vorschuß bezahlt. Tausend Pfund. Und jetzt schrieb Winslow daran.

Er genoß das Eintauchen in die Vergangenheit, die Erinnerungen an all die Jahre, an die schönen wie an die schlimmen, jeden Tag mehr. Sein Verleger hatte ihn ausdrücklich gebeten, den Geheimdienstkapiteln besondere Aufmerksamkeit zu schenken. Der Hintergrund von Affären würde besonders gerne gelesen, hatte er betont.

Ab und zu telefonierten sie. Der Verleger fragte, wann er das Buch einplanen könne.

„Sommer", sagte der alte Winslow dann, legte sich aber nicht fest, ob in diesem Sommer, im nächsten oder übernächsten.

Gestern hatte ein gewisser Connors vom Plumday-Verlag aus Lissabon angerufen.

„Ich würde Sie gerne besuchen", hatte er gesagt. „Mal ein bißchen schmökern, was Sie so verbrochen haben."

„Ich erwarte Sie morgen bei mir in San Marinho, Mister Connors“, hatte Winslow geantwortet, obwohl ihm die ganze Sache eigentlich nicht in den Kram paßte.

*

Connors kam am Nachmittag, eine Stunde zu früh. Ein schwarzes Mercedes-Taxi brachte ihn den Hügel herauf bis vor die Haustür. Der alte Winslow beobachtete, wie der Fahrer ausstieg.

Erst kam ein Bein mit hochglanzpoliertem Schuh und scharfgebügelter Hose, dann eine Zigarre. An der Zigarre hing das Gesicht eines Südländers. Mit Bärtchen und ausgeprägtem Profil entsprach es nicht ganz Winslows Erwartungen. Der Mann mochte einsfünfundsiebzig groß sein. Er wirkte kräftig. In der Krawatte trug er überflüssigerweise eine Perle.

Als er dann im Arbeitszimmer stand, fiel Winslow noch etwas auf. Connors hatte manikürte Nägel und verwendete ein stark blumiges Rasierwasser.

Der Besucher entschuldigte sich nicht, daß er die Zeit so wenig einhielt, und er hatte auch keinen Scotch dabei, obwohl Winslow als Liebhaber von gutem Malzwhisky bekannt war.

Mit einer ans Unhöfliche grenzenden Eile kam er zur Sache. Dabei hatte Connors Englisch einen leichten spanischen Akzent.

Winslow unterbrach ihn jedoch.

„Darf ich Ihnen Tee anbieten? Ich brühe ihn rasch. Meine Köchin hat heute frei.“

„Ich weiß. Aber bitte keine Umstände. Lassen Sie mich lieber sehen, Winslow, was Sie ausgeschwitzt haben.“

Winslow zögerte, ihm die Mappe mit den losen Blättern auszuhändigen.

„Wer garantiert mir, daß Sie auch vom Plumday-Verlag kommen?" scherzte er.

Da grinste der Besucher und hörte nicht auf es zu tun.

„Gäbe es sonst einen Grund, Sie in dieser Einöde aufzusuchen, Sir?"

„Sie meinen, ich selbst sei völlig uninteressant."

„Bis auf gewisse Kenntnisse, die Sie sich bei MI-5 aneigneten."

Der Besucher war aufgestanden, riß dem zögernden Winslow einfach die Mappe aus den Fingern, fläzte sich in eine Sofaecke und begann zu lesen.

Er las quer. Genaugenommen überflog er die Seiten. Seine Augen wanderten diagonal über die Zeilen als suche er etwas Bestimmtes. Binnen weniger Minuten war er durch. Pro Seite hatte er sich kaum zehn Sekunden Zeit gelassen.

Das Manuskript schien ihn nicht zu befriedigen.

„Wann taucht endlich Major Cornsmith auf?"

„Cornsmith", wiederholte der Pensionär, als habe er diesen Namen nie gehört.

„Tun Sie nicht so, als sei Ihnen die Affäre Cornsmith durch das Sieb gerutscht, Sir."

Winslow, ein braver gradliniger Mann, der mehr durch Zuverlässigkeit als auf Grund hoher Intelligenz in bestimmte Positionen gelangt war, konnte sein Staunen nicht verbergen.

„Woher wissen Sie, daß ich damit befaßt war?"

„Ich hörte es im Verlag."

„Ich habe auch mit Mister Plumday nie darüber gesprochen."

Der Besucher schien einen Augenblick irritiert zu sein.

„Sie müssen sich täuschen, Sir. Es handelt sich um diesen Major Cornsmith, Pilot bei der Royal Air Force, der bei einem geheimen Transportflug im Südatlantik samt Maschine verschwand. - Was hatte er geladen?"

„Nichts von Bedeutung."

„Alles kann Bedeutung haben", entgegnete Connors, „das Lagerfeuer eines einsamen Pelzjägers in Nordalaska kann unter bestimmten Bedingungen über Japan einen Taifun auslösen. - Was hatte Captain Cornsmith damals in seinem Lancaster-Bomber geladen?"

„Das war doch schon vor . . ."

„Vor genau dreiunddreißig Jahren, Sir."

„So um anno fünfzig herum", schien sich der alte Herr jetzt zu erinnern. „Er brachte etwas von A nach Be."

„Sagen wir besser von A nach Zet. A lag in Schottland und Zet immerhin fünfzehntausend Kilometer weit entfernt. Landete er nicht auf den Falkland-Inseln, um nachzutanken?"

„Von da ab verlor sich seine Spur", bemerkte Winslow, „in der Tat."

Connors bohrte beharrlich weiter.

„Und was hatte er geladen?"

Nun war es Winslow, dem es Genugtuung bereitete, dem Gast seine Unhöflichkeit zurückzuzahlen.

„Konserven", sagte er. „Ham and eggs, Luncheonmeat, Frühstücksfleisch, Pfirsiche im eigenen Saft mögen auch dabei gewesen sein."

Der Besucher stand wieder auf. Seine dunklen

Augen wanderten umher, als suche er etwas, und sei es eine Entscheidung.

„Pfirsiche im eigenen Saft", schnarrte er. „Ich will Ihnen jetzt mal was flüstern, Winnie, gleich sind Sie es, der im eigenen Saft schmort, wenn Sie mich weiter so verarschen."

Er begann den Schreibtisch zu durchsuchen. Winslow protestierte. Es half nichts. Nun stellte er sich Connors in den Weg. Aber auch damit hatte er wenig Erfolg. Der Mann aus London packte ihn und warf ihn gegen das Bücherregal.

„Wo hast du deine Entwürfe, Alter?"

„Untere Schublade links."

Connors drehte sich ab und Winslow schlug hart zu. Doch Connors war jünger und schneller. Winslow bekam einen Faustschlag in den Magen, flog in den Sessel und wurde dort gefesselt.

Der Besucher fand die Entwürfe und die Notizen. Diesmal ließ er sich mehr Zeit. Und er fand, was er suchte.

„Hier steht es. Der Geheimflug von Major Cornsmith war für Kapitel sechzehn vorgesehen, und die Affäre mit Kapitän Stevens von der US-Marine etwas später." Er hob sein spitzes Kinn.

„Sie sind ein Lügner, Winslow. Schade, durch Ihr Verhalten zwingen Sie mich zu Maßnahmen, die sehr weit abseits von einer gütlichen Regelung liegen."

Er nahm alles, was er an Unterlagen vorfand, zerknüllte jedes Blatt einzeln und warf es auf den Boden. Dann ging er hinaus zum Taxi und kam mit einem Kanister wieder.

Während er den Inhalt über Teppiche, Vorhänge und Möbel verteilte, sagte er:

„Im übrigen, es gibt keinen Plumday-Verlag in London, ebensowenig wie es einen Mister Plumday gibt."

„Zum Teufel, was hat das alles zu bedeuten?" schrie der alte Herr jetzt ernsthaft erbost.

Connors sagte es ihm.

„Es ging darum, festzustellen, woran sich einer der letzten Zeugen jener Vorgänge, auch wenn er nur als Buchhalter der Ereignisse tätig war, erinnert, und wie man ihn zum Schweigen bringt."

Der Kanister war leer. Es stank wie in einer Raffinerie. Der Besucher knüllte ein Manuskriptblatt so zusammen, daß er es Winslow als Knebel in den Mund schieben konnte. Dann entnahm er seiner Sakkotasche ein Fläschchen aus blauem Glas, entstöpselte es und schüttete Winslow den Inhalt, eine wasserklare Flüssigkeit, die rasch verdunstete, ins Gesicht. Dem süßlichen Geruch nach zu schließen handelte es sich um Chloroform.

Nach wenigen Atemzügen lag Winslow in tiefem Schlaf.

Der Besucher schaute sich noch einmal um. An der Tür riß er ein Streichholz an und warf es auf den benzingetränkten Teppich.

Dann schloß er die Tür.

Als das Taxi die Hauptstraße erreichte, schlugen die Flammen schon über dem Dach des Bungalows zusammen.

Spätabends in seinem Lissaboner Hotel führte der Mann aus London, er war unter dem Namen Connors abgestiegen, ein Ferngespräch mit Argentinien. Das Gespräch war kurz. Im Grunde wurden nur ein paar Fragen und Antworten gewechselt. Selbst diese hörten sich wie vorher verabredet an.

„Wer hat nun eigentlich Amerika entdeckt?“ fragte der Teilnehmer in Buenos Aires, „Columbus oder Vespucci?“

„Beide. Der eine weiter nördlich, der andere weiter südlich. Aber Columbus verstand die Werbetrommel besser zu rühren und sammelte Ruhm auf sein Haupt. Vespucci hingegen leistete mehr Entdekkungsarbeit, deshalb hatte er für Public Relations keine Zeit.“

Damit war ausgedrückt, daß von der Sache, um die es ging, nicht nur ein Mann, sondern zwei wußten. Während einer ziemlich Wind machte, waren vom anderen mehr konkrete Hinweise zu befürchten. Der eine war tot, der andere lebte noch. Auch Vespucci war sechs Jahre später als Columbus gestorben.

„Auch sein Schiff wird zerschellen.“

„An einem Riff“, fügte der Mann in Lissabon hinzu und legte auf.

Am nächsten Morgen flog er weiter nach Madrid.

*

Das war ein Tag, an dem ständig die Sicherungen herausfielen. Urban bekam sie nur mit Mühe wieder hinein.

Schon um 10 Uhr saß er an der Bar des Hilton-Hotels und trank einen Dynamit. Der Barkeeper kannte das Rezept. Auf einen Bourbon kamen, je nach Wetterlage, fünf bis zehn dicke Tropfen weißer Wermut.

„Verdammt“, hörte Urban ihn fluchen. „Cinzano ist alle. Muß im Lager welchen holen.“

„Cointreau geht auch", sagte Urban. „Bourbon und fünf Tropfen Cointreau. Beeil dich, ich muß mich heute an etwas Scharfem festhalten."

Kaum hatte er ihn gekippt und sich eine frische MC angesteckt, die Glut leuchtete gerade auf, da sah er ihn im Spiegel vorbeimarschieren. Er trug einen Trenchcoat wie ihn Italiener schneiderten, wenn sie etwas original Britisches nachzuahmen versuchten. Dazu Six-Pence-Mütze aus demselben Material und eine Sonnenbrille ohne Rand.

Als er Urbans Rücken, vielmehr den Glencheck-sakko mit den zwei Schlitzen ausmachte, blieb er stehen.

„Ich komme gleich runter."

Urban schaute sich um, ob niemand ihr Gespräch belauschen konnte.

„Aber beeil dich."

„Muß mich nur duschen."

Schon war der V-Mann wieder weg.

Urban gab ihm fünfzehn Minuten. Das reichte. Sein Nachrichtenlieferant würde jetzt nach oben fahren, sich umkleiden, sein Aussehen mit Jeans, Blouson und Turnschuhen – und indem er sich das Bärtchen abrasierte – geringfügig ändern und dann wieder durch die Bar an ihm vorbeischlendern. Er würde ihm folgen, hinter seinem donnernden Stingray herfahren, bis sie sicher sein konnten, jeden Verfolger abgeschüttelt zu haben.

So würde es laufen. So hatten sie es immer gemacht. Urban nahm noch einen Drink.

Aber dann lief es doch nicht so, denn es war ein Tag, an dem alle Sicherungen herausfielen. Einmal konnte man sie nicht mehr hineindrücken, dann, wenn sie durchgeschmort waren.

Gegen Mittag wußte Urban, daß sein V-Mann das letzte Mal im Leben geduscht hatte. Er hockte oben tot unter der Brause. - Kopfschuß aus aufgesetztem Lauf.

Vermutlich aus einer schallgedämpften Waffe, denn keiner hatte etwas gehört.

*

Der BND-Agent mit der Codenummer 18 betrat sein Büro im Pullacher Hauptquartier und fand es besetzt.

In dem alten, von Urbans Athletenfigur eingesessenen Schleudersitz hockte einer, der nicht hineingehörte, aber trotzdem das Recht hatte, darin Platz zu nehmen. Erstens weil er dreißig Jahre älter als Urban und außerdem sein Vorgesetzter war.

Oberst Sebastian hob, das Monokel im Auge, die Hand.

„Ich weiß schon", rief er gottvatergleich, „ich weiß alles. Und wo sind die zehntausend Mark Anzahlung".

„Futsch", antwortete Urban und schob sich auf die Schreibtischkante. „Sie haben ein Gemüt, Boß, so empfindsam wie Ihre Tigerpanzer auf dem Vormarsch auf die Wolga."

„Es waren Panther", sagte der Ex-Generalstäbler. „Aber daß er sterben mußte, war Ihre Schuld."

„Sie meinen, ich hätte ihn schon auf der Straße vor dem Hilton schnappen sollen."

„Warum nicht."

„Weil wir dann, glaube ich, beide mausetot wären."

„Glauben heißt, nichts belegen können."

„Ich mache meinen Job und Sie den Ihren, okay?"

reagierte Urban unwirsch. Er konnte es sich leisten. Soviel Geld wie nach B/2 bekam er bei den Engländern und bei der CIA jeden Tag. Vielleicht sogar bei den Chinesen.

Der Alte lehnte sich zurück.

„Wie schnell", fragte der alte Hundsfott, „laufen Sie hundert Meter?"

„In zehnacht."

Das Dackelgesicht verzog sich, als wolle es bellen.

„Das ist auch nur doppelt so rasch wie ich. So verkalkt bin ich also noch gar nicht. Was hat Ihnen der V-Mann für die zehn braunen Riesen geliefert?"

Urban rechnete die zehntausend Mark plus einen toten V-Mann, der zu den fähigsten gehört hatte, gegen den hundert Millionen umfassenden Etat des Bundesnachrichtendienstes mit seinen siebentausend Mitarbeitern auf.

„Wenig", sagte Urban. „Immerhin eine Titelseite für die Bild-Zeitung würde es hergeben. Angeblich soll in El Salvador Giftgas amerikanisch-britischen Ursprungs eingesetzt worden sein. Auch Verseuchung mit radioaktiver Strahlung wurde registriert."

Der Alte drehte das Monokel tiefer ein, damit es als Folge einer unerwarteten Muskelreaktion nicht aus der Hautrinne sprang.

„Gerüchte."

„Der Tote war immer gut für ein Körnchen Wahrheit."

„Und seine Quelle?"

Urban hob die Schultern.

„Welche Quelle? Es sprudeln viele. Wenn ein Sägeblatt Ihren Finger abtrennt, welcher Zahn hat als erster geschnitten?"

„Bin ich Jesus", entgegnete der Alte, stand auf und ging wortlos; sofern man sein Schnauben nicht als Äußerung der menschlichen Stimme auslegte. An der Tür blieb er stehen und machte, graziös wie ein Exerzierfeldwebel, auf dem rechten Absatz kehrt. „Ach ja, ein gewisser Wittaker hat angerufen."

„Jack Wittaker?"

„Aus Südfrankreich."

„Diese Agenten Ihrer britischen Majestät sind auch immer dort, wo man gut lebt. Kein Wunder angesichts der britischen Kochkunst."

„Er telefonierte aus einem Nest in den Pyrenäen."

Urban kannte Wittaker. Jäger war er nicht. Bergsteiger auch nicht, er segelte lieber. Also weilte er geschäftlich in Spanien.

„Um was geht es?"

„Sagte er nicht."

„Ruft er wieder an?"

„Kaum. Steckt wohl in der Klemme."

Das wunderte Urban.

„Ein MI-six-Agent in Schwierigkeiten funkt doch erst seine Londoner Zentrale an."

„Wird wohl mehr privat sein. Sicher hat er ein sensationelles neues Freßlokal entdeckt."

Das bezweifelte Urban, Wittaker war mehr auf Hausmannskost eingestellt, auf Hammelbraten mit Minzsoße. - Fürchterlich!

Er beschloß abzuwarten und liftete ins Casino hinunter. Der Kaffee war von einem Mokka soweit entfernt wie der Königswalzer vom Walzerkönig. Zum Glück kam eine Lautsprecherdurchsage. Urban wurde ans Telefon gerufen.

Als er sich meldete, bedauerte die Zentrale.

„Eben war es da, jetzt ist es weg."

„So schnell kann es gehen", sagte er. „Was war weg?"

„Ein Postamt irgendwo in Spanien. Dort wurde offenbar ein Ferngespräch mit Voranmeldung bestellt. Aber der Teilnehmer kam nicht wieder."

„Ich bin im Gelände", sagte Urban.

Er wartete bis zum Abend, daß sich Wittaker wieder melden würde. Dann hatte er es satt und rief die MI-6-Zentrale in London an. Dort teilte man ihm mit, daß man von Jack Wittaker seit einer Woche nichts gehört habe. Er befinde sich in Portugal und melde sich nicht. Er sei unauffindbar."

Warum, so fragte sich Robert Urban, wendet er sich dann ausgerechnet an dich. Es gab zu viele Antworten. Vielleicht kam er nach London nicht mehr durch. Vielleicht mied er seine Zentrale, um sich nicht zu enttarnen. In solchen Fällen fand ein Mann wie Wittaker aber andere Wege. Irgend etwas war also faul in den Pyrenäen.

An eine Falle dachte Urban wirklich zu allerletzt.

Weil er wegen des toten V-Mannes im Hilton-Hotel noch einen Hauch von ranzigem Nachgeschmack verspürte, wollte er kein neues Versäumnis auf sich laden.

Am späten Abend fuhr er los.

*

Mit links machte er das noch. Wie andere zwecks erotischer Aufladung fünfzig Kilometer joggten, spulte er gerne tausend Kilometer hinter dem BMW-Quirl herunter, nur um sich zu beweisen, daß er es mit jedem Lastzugkutscher aufnahm.

Auf dem deutsch-französischen Autobahnnetz kam er schnell durch. Von München bis Stuttgart nieselte es. Dann duschte es bis zur Grenze. Im Burgundischen hing Nebel zwischen den Wäldern, und im Rhônetal dampfte der Tau. Bei Avignon ging die Sonne auf, am Meer entlang wurde es heiß. Die Hitze hielt an, bis er in Perpignan Richtung Andorra abbog. Nach einer Fahrt durch eher langweilige Gegenden überquerte er nach Mittag am Col de Ares die Pyrenäen und die Grenze nach Spanien.

Eine vernachlässigte Paßstraße führte direkt in ein Bergnest namens Millo. Von dort aus hatte Wittaker zuletzt mit dem Hauptquartier telefoniert.

Die öffentliche Fernsprechzelle befand sich in einer Cantina mit angeschlossenem Kramladen. Eine alte Frau hütete während der Siestazeit den Laden und strickte dabei. Ihr Gebiß klapperte beim Sprechen lauter als die Nadeln.

Urban beschrieb Wittaker.

„So ein großer rotblonder Bursche. Muß gestern hier gewesen sein."

Die Nadeln bewegten sich langsamer und kamen zum Stillstand.

„Ein Inglés?"

„Ja, Engländer."

„Si, der kam vorbei, meldete ein paar Ferngespräche an, aber als die Verbindung stand, war er fort."

„Hatte er es so eilig?"

„Die Menschen haben keine Zeit, Señor, und die Ausländer schon gar nicht. Meine Tochter fragte ihn, warum er nicht in Setcassa telefoniert. Die Leitung sei gestört, sagte er. Die Leitung war gar nicht gestört."

„Gracias!"

Urban fuhr nach Setcassa, ein Dorf am Ende eines Seitentales. Die Welt und die Straße hörten dort oben auf. Aber es gab eine Tankstelle. Der Patrón wollte einen englischen Range-Rover gesehen haben. Einige Male sogar.

„Ich glaube, der Inglés fuhr hinauf zu der alten Mühle."

Urban ließ sich den Weg beschreiben. Er war schmierig und gewunden und führte über Steigungen, die sein BMW-633 CSI nur mit Mühe nahm. Nicht wegen fehlender Motorleistung, PS hatte er genug, aber die Räder verloren am feuchten Waldboden die Haftung.

Endlich sah er die beschriebene Mühle, ein graues Felssteingebäude mit einem mächtigen hölzernen Wasserrad an der Seite, liegen. Zwei Freileitungen führten auf die Mühle zu, ein Telefondraht und ein dickes Kabel, offenbar für Starkstrom. Wenn Wittaker dieses Telefon nicht benutzt hatte, gab es Gründe dafür.

Beim Näherkommen, die Straße beschrieb eine letzte Serpentine, sah Urban den weißen Range-Rover seitlich unter einem Vordach stehen.

Etwa achtzig Meter vor der Mühle ließ er den BMW zurück. Der zerwühlte Wiesenhang war ihm nicht mehr zuzumuten. Vor dem Haus gab sich Urban zu erkennen.

„Wittaker", rief er, „Jack, hier ist B.U. Nimm die Kanone weg. Gut Freund."

Weil jede Reaktion ausblieb, trat er ins Haus. Es hatte meterdicke Wände, als müsse es einer Eiszeit widerstehen. Rechts standen die Schrotgänge, Mahlstühle und Sichter. Links bei dem Raum mit vergitterten Fenstern und stabiler Tür handelte es sich wohl um das Mehllager.

Auf einem Stapel Getreidesäcke kauerte ein Mann. Urban brauchte nur einmal hinzusehen und wußte Bescheid. So wie er lagen nur Tote da. Das wächserne Profil glich einer Maske, die Haut war auf den Knochen gefallen, die Augen starrten zur Decke. Zwischen Gerstenkörnern am Boden lag sein Dienstrevolver.

Wittaker hatte es also erwischt.

Ein Knistern im Gebälk ließ Urban herumfahren. Die Tür schlug zu, als hätte es einen Luftzug gegeben. Aber da war kein Luftzug gewesen.

Mit einem Satz stand Urban bei der Tür und wollte sie aufreißen. Zu spät. Sie war versperrt und verriegelt. Ein zweiter Sprung brachte ihn ans Fenster. Die massiven Gitter ließen es gerade noch zu, daß man eine Hand hindurchbekam. Doch talwärts war nichts zu sehen und an der Seite versperrte das Mühlrad mit seinen Speichen den Blick.

Du bist gefangen, durchfuhr es Robert Urban.

*

Diese alte Mühle war die reinste Zwickmühle. Ihr Mehllager mit Steinboden und Deckengewölbe erinnerte an die Lochgefängnisse einer mittelalterlichen Burg. Urban hatte den Raum auf Hilfsmittel hin durchsucht. Es gab keine. Dementsprechend wuchsen seine Chancen, diese Gruft demnächst mit Wittaker teilen zu müssen.

Noch einmal hob er das Telefon ab. Die Leitung summte nicht einmal.

Nun durchsuchte er den toten MI-6-Agenten. Alles, was dazu geeigent sein konnte, eine Tür zu öffnen, hatten sie ihm weggenommen. Und in der Pistole fehlte das Magazin.

Urban begann sie zu zerlegen. Vielleicht ließ sich eines der Teile so formen, daß man es als Dietrich verwenden konnte. Aber was nützte schon ein Dietrich gegen massive Riegel an einer Tür, die aus Eisenbahnschwellen zusammengefügt war.

Urban verlagerte Wittaker auf einen anderen Platz und schichtete die Säcke um. Leider gab es auch keine Falltür.

Allein mit einer Leiche, etwa vierhundert Kilo Gerstenschrot und einem aus sechs Teilen bestehenden Browning Kaliber 7,65 sanken seine Aussichten rapide.

Außerdem war er verdammt kaputt. Der Adrenalinstoß im Blut flachte ab. Er versuchte zu entspannen. Halbwegs eingeschlafen, riß ihn ein Schrillen aus dem Schlummer. Das Telefon. - In den Apparat war Leben gekommen. - Er hob ab.

„Du wirst sterben", verkündete ihm eine männliche Stimme. Sie sprach zwar englisch aber zweifellos handelte es sich um einen Spanier.

„Jeder muß mal sterben."

„Aber du wirst etwas früher dran sein als dir lieb ist. Du wirst sterben wie wir es wünschen."

„Warum habt ihr Wittaker getötet?"

Der andere ging nicht auf die Frage ein.

„Autonummer und Aussehen sind mit unserer Kartei identisch. Du bist Robert Urban, genannt Mister Dynamit."

„Was hat euch Wittaker angetan?"

„Dasselbe wie du. Er belästigte uns mit seiner Neugier."

Urban versuchte den Unbekannten, egal wie, in ein Gespräch zu verwickeln. Vielleicht fiel ein Wort, das ihm weiterhalf.

„Ich verfolge keinerlei Spuren", versicherte er, „daß ich diesmal irgend jemanden mit Neugier belästige, trifft einfach nicht zu. Wittaker war mein Freund. Ich kam, weil er mich rief."

„Mitgegangen, mitgehangen", erklärte der andere. „Außerdem war Wittaker gar nicht dein Freund. Aber da er von anderswo keine Hilfe bekam, versuchte er dich zu holen. So ist es."

„Wir sprachen kein Wort miteinander. Seit mindestens einem Jahr."

„Wissen wir. Trotzdem bist du des Todes, Dynamit."

Urban verlegte sich aufs Verhandeln.

„Macht die Tür auf, ich fahre weg, vergesse alles und bin sicher, daß meine Dienststelle sich dieses Entgegenkommen einiges kosten lassen wird."

„Schade, aber du weißt zuviel, Mann."

„Verdammt, was gehen mich deine Probleme mit dem britischen Geheimdienst an."

„Sie könnten eines Tages auch die euren sein", vernahm Urban. „Dem bauen wir vor."

„Wollt ihr mich hier verhungern lassen, oder was?"

„Friß den Gerstenschrot. Ist gesund."

„Und verdursten."

„Bald wird es Regen geben. Aber wenn es regnet, eine Stunde nach dem ersten Tropfen ist alles aus für dich."

„Was hat Sterben mit dem Regen zu tun?"

Da lachte der andere nur und legte auf.

Urban dachte über jedes Wort ihrer Unterhaltung nach. An einem Punkt hakte er sich fest. Was sollte die Bemerkung mit dem Regen bedeuten? Diese Mühle war mindestens zweihundert Jahre alt und hatte so manchen Stürmen getrotzt, Unwettern, Schnee im Winter, Hitze im Sommer, Gewitter und Hagelschlag. Was hatte der Regen also mit seinem Ende zu tun? - Das Gemäuer sah nicht aus, als hätte es je unter Hochwasserschäden gelitten. Bis im Mehllager Wasser stand, mußte erst das ganze Tal vollgelaufen sein und Dutzende von Tälern bis hinunter nach Barcelona. Nein, das Wasser floß hier ab, wie es von den Höhen kam. Also hatte der Bursche etwas anderes damit gemeint.

Weil keine Wolke den Himmel trübte und es auch nicht nach Regen aussah, versuchte Urban zu schlafen.

*

Nach einigen Stunden der Ruhe, die ihn nicht sonderlich erquickten, weil ein ordentliches Abendessen fehlte, rauchte Urban die vorletzte Zigarette aus der blaugoldenen Packung.

Im Wagen hatte er noch eine Stange MC. Aber wer rechnete schon mit so einer Entwicklung. Im Wagen hatte er auch genügend Werkzeug, Montiereisen, eine Universalsäge und seine Mauser. Was nützte ihm der Krempel jetzt, wo er in der Falle saß.

Ja, eine Falle war das. Immer mehr wurde ihm klar, daß man ihn hierhergelockt hatte. Doch was, zum Teufel, war der Grund? Welches Wissen war ihm und Wittaker gemeinsam? Hatten sie jemals an einer Sache gearbeitet, die diesen Fall jetzt tangierte? Wenn ja, wann? – Welcher von seinen Hunderten von Jobs hatte ihn so nahe an diese Leute herangeführt, daß sie ihm übelgesinnt waren? –

Draußen dämmerte es. Rasch ging der Tag in die Nacht über. Der Himmel war klar. Die Sterne kamen heraus. So bald würde es keinen Regen geben. Fragte sich also, ob er vor dem Verdursten ersoff oder vor dem Ersaufen verdurstete. Er schätzte solche Alternativen wenig.

Urban hatte alle Fenster geöffnet und die Gitter geprüft. Daumendicke senkrechte Stäbe, mit ebenso dicken Quereisen verflochten, waren tief ins Mauerwerk eingelassen.

Trotzdem begann er mit dem scharfkantigen Pistolenschlitten zu kratzen. Sie hatten Basalt für die Grundmauern verwendet, Basalt und Granit. Dieses Gestein kristallierte nicht aus. Es wurde im Laufe der Zeit eher härter als weicher.

Selbst ein Schlangenmensch wäre in den Gitteröffnungen hängengeblieben. Sie maßen etwa 15 x 15 Zentimenter. Er konnte hindurchfassen und, wenn er den Arm lang machte, sogar eine Sprosse des Mühlrades berühren. Auch das brachte nichts. Aber er gab nicht auf.

Die letzte Zigarette brach er in zwei Teile. Als er sie anstecken wollte, schrillte wieder das Telefon.

„Regen kommt“, wurde ihm gemeldet. „Über der Biskaya ist ein Tief im Anmarsch. Es zieht nach Nordosten weiter und dürfte in sechs Stunden Katalonien erreicht haben. Rechnen Sie mit starken Niederschlägen, Dynamit.“

„Ich bin nicht wasserscheu.“

„Wissen wir“, sagte man ihm, „Sie sind Sportsmann. Sie waren ein recht brauchbarer Zehnkämpfer, aber gegen Sprengstoff ist menschliches Gewebe nun einmal äußerst empfindlich."

„Sie reden Unsinn", entgegnete Urban provozierend. „Einmal quäken Sie von Wasser, dann wieder von Sprengstoff. Am besten, Sie belästigen mich nicht länger. Buenas noches, Señor!"

„Augenblick noch", sagte der andere. „Feuer und Wasser sind in Ihrem Fall sehr wohl in Einklang zu bringen. Und damit Sie nicht glauben, Sie hätten es mit Phantasten zu tun, will ich es Ihnen erklären. Bei Regen füllen sich schnell die Rinnsale, die Bäche und alle Flußläufe in den Bergen. Hoch oben im Fels kann das Wasser kaum ins Erdreich eindringen. Es rauscht zu Tal und überschwemmt bald den Mühlkanal. Vom Mühlkanal gelangt es durch die offene Schleuse auf das Mühlrad und treibt es an."

„Ich mag es, wenn Mühlenräder klappern", unterbrach ihn Urban.

„Mögen Sie es auch, wenn Sie wissen, daß die Achse des Mühlrades im Keller einen Dynamo antreibt? Dynamos erzeugen in der Regel elektrischen Strom. Der Mühlendynamo versorgt, sobald er bestimmte Drehzahlen aufgenommen hat, einen Trafo und dieser den Zündkasten einer Sprengladung. Können Sie sich eine Vorstellung über die Detonationsenergie von zwanzig Kilogramm TNT machen, amigo?"

Urban legte auf. Er mißgönnte dem Anrufer das Vergnügen, sich am Schock seines Opfers zu weiden.

Einen Moment war er total durch den Wind. Dann begann er die neue Lage zu analysieren.

Der Dynamo und der Sprengstoff befanden sich einen Stock tiefer im Maschinenkeller. Der Boden bestand aus Stein. Da kam er schon durch, aber in einem Monat vielleicht. Die Decke aus Ziegelgewölbe bot auch keinen Ausweg. Und wenn es regnete, dann kam das Wasser. Hier oben genügten schon wenige Minuten Regen.

Er saß auf einer Bombe. Sie tickte zwar nicht, aber eine einzige Wolke, die über der Sierra aufbrach, würde sein Ende herbeiführen.

Allmählich zweifelte er daran, daß die Katastrophe allein mit menschlichem Willen und Ideen abzuwenden sei.

*

Gegen Morgen war der Himmel bedeckt.

Urban öffnete alle Fenster, hängte sie aus, trat die Scheiben aus den Rahmen, zerlegte die Rahmen und machte aus je vier Längssprossen ein Bündel. Die vier Sprossen paßten knapp durch das Gitter gegenüber dem Mühlrad.

Urban hatte die Absicht, es unter eine der Speichen zu schieben und damit die Drehung des Rades zu verhindern.

Die hölzernen Rahmenteile erwiesen sich als zu kurz. Nun schob er die Latten so versetzt ineinander, daß sie, umwickelt mit Sackrupfen, eine drei Meter lange Stange abgaben. Allerdings eine nicht sehr stabile. Zwar griff ihr Ende unter die Wasserradspeichen, bog sich aber schon ohne dessen Druck nach unten. Die Kraft des Wassers würde mühelos Bruch fabrizieren.

Eine andere Möglichkeit gab es aber nicht.

Bis die ersten Tropfen fielen, baute Urban aus dem Rest der Hölzer - die meisten waren im Lauf der Zeit recht morsch geworden – eine zweite Arretierung. Diese wollte er nachschieben, sobald die erste wegsplitterte.

Mit dem Regen kam noch einmal Leben in das Telefon. Er ging gar nicht hin. Da es nicht aufhörte, riß er das Kabel aus dem Kasten. Jetzt hatte er seine Ruhe.

Es regnete stärker. Wind kam auf. Der Regen wurde zum Wolkenbruch. Das Wasser troff vom Dach. Draußen bildeten sich Pfützen, die sich überlaufend in den Wald ergossen. Es gluckste und rann, und als der Sturm nachließ, glaubte man, es rauschen zu hören. Die Wasserflut kam.

Erst war es, als fülle sich der Kasten einer Klo-Wasserspülung. Dann spritzte und schäumte es oberhalb des Mühlrades. Das fallende Wasser griff in die Schaufeln. Das Rad knarrte im Lager, knarrte lauter, knarrte anhaltend und kam in Bewegung.

Zunächst wurde die Drehung durch Urbans Lattensperre verhindert. Aber immer mehr Wucht kam auf die Radspeiche. Urban hebelte innen dagegen. Die erste Latte splitterte schon, die nächste krachte ab. Das Rad hatte die Sperre abgeschert und begann sich zu drehen. Wenn es in Schwung ist, dachte Urban, dann hält es nichts mehr auf.

Sofort schob er das Reservebündel nach. Die eisenbeschlagene Radspeiche riß es ihm buchstäblich aus der Hand. Urban hörte das Holz bersten und wie es vom Rad zermalmt wurde. Es regnete weiter. Das große Wasser würde erst noch kommen. Vermutlich hatte das Mühlrad im Keller noch ein Getriebe. Um den Dynamo auf sechshundert Umdrehungen zu bringen, brauchte das Mühlrad vielleicht dreißig. Und die würde es bald haben.

Urban umklammerte die Gitter und starrte auf das Rad. Das Wasser schoß jetzt in Kaskaden herunter. Deshalb konnte er nicht fassen, daß es sich plötzlich langsamer bewegte. Es schien unter starker Belastung zu ächzen. Etwas schrammte und schlug, als seien Wackersteine in den Ablauf geraten. Mit einem Ruck stand das Rad völlig still.

Urban konnte es nur damit erklären, daß seine Lattenkonstruktion in den unteren Schacht gefallen war und sich dort zwischen Rad und Beton verspreizte. Irgendwann würde die Kraft des Wassers aber so stark sein, daß sie alle Hindernisse wegriß. Da half nicht einmal mehr Beten.

Er saß da, wartete und rauchte die letzte halbe Zigarette an. Als er sie bis zum letzten Zug ausgelutscht hatte und austrat, war es mit einem Mal still. Nur ab und zu fielen noch Tropfen.

Der Regen hatte nachgelassen. Zwar schäumte der Mühlkanal über, aber das Rad saß fest.

Eine Stunde später war der Wasserzulauf aus den Bergen weniger geworden.

Urban hatte etwas Regenwasser aufgefangen und löschte damit seinen Durst. Diesen Guß hatte er offenbar überstanden. Aber wann kam der nächste?

Es wurde kalt. Er deckte sich mit leeren Säcken zu und schlief. Gegen Morgen sah er Lichter und hörte Stimmen.

Männer in Bauernkleidung stiegen den Berg herauf. Er machte sich bemerkbar.

Sie holten ihn heraus. Die Erklärung, weshalb sie heraufgekommen waren, klang einleuchtend.

„Bei Regen“, sagten sie, „schalten wir uns vom Überlandnetz ab, weil wir dann kostenlos Strom aus der Mühle beziehen. Wir wunderten uns schon, daß die Voltmeter nicht anzeigten. Mußte wohl am Dynamo liegen. Manchmal springt der Riemen von der Scheibe.“

„Seien Sie vorsichtig“, riet ihnen Urban, „klemmen Sie erst die Drähte von der Sprengladung ab.“

„Von welcher Sprengladung?“ fragten sie ihn.

Er entschärfte für sie die TNT-Stäbe. Dafür erzählten sie ihm auch, wer sich in dieser Woche hier oben herumgetrieben hatte. Aber ihre Beschreibung paßte lediglich auf Jack Wittaker. Sonst hatten sie niemanden gesehen.

Damit war Urban wenig geholfen.

4.

Seit 10 Uhr 30 fuhr alle paar Minuten ein weißer Buick Electra die palmenbestandene Avenida Presidente Quiros herauf. Beim Gebäude des obersten Gerichts bog er nach links ab, rollte durch den Park, ordnete sich an dessen Ende in den Kreisverkehr ein und kam dann wieder die Avenida Quiros herauf.

Mittlerweile zählte der Fahrer die vierzehnte Runde. Es wurde heiß über San José, der Hauptstadt von Costa Rica.

Zum Glück war die Hitze im Hochland trocken. Man schwitzte nicht so teuflisch wie in den Regenwäldern der Atlantikküste.

Kaum tauchte das weiße Gerichtsgebäude wieder auf, rief der Mann im Fond:

„Da kommt sie!“

„Das ist nicht Señora Ramona“, antwortete der Fahrer, „außerdem glaube ich, erwartet sie uns am rückwärtigen Ausgang, wegen der Reporter.“

„Verfluchte Presse“, schimpfte Hernandos, „immer die Nase im Dreck. Hauptsache es stinkt.“

„Kannte mal einen von der Zeitung“, erzählte der Fahrer, „der gab es offen zu, daß er nie die Wahrheit schrieb. Er war nur auf Sensationen aus, wie alle guten Journalisten.“

„Weil es keine Wahrheit gibt“, sagte Hernandos. „Der gefährlichste Mensch, der dir je begegnen kann, ist der, der behauptet, daß er die Wahrheit kenne.“

Der Fahrer regelte die Klimaanlage ein wenig höher. Der kühle Luftstrom aus den Düsen tat gut.

„Fünfzehnte Runde?“ fragte er.

„Und wenn wir drei dutzendmal herumfahren, wir warten auf sie“, erklärte Señor Hernandos in seinem beigefarbenen Tropical-Anzug.

Er hatte Lust auf einen Schluck aus der silbernen Flasche. Doch wenn er daran dachte, was sie mit Ramona anstellen würden, falls sie nicht sehr clever war, dann wurde ihm so schlecht, daß auch kein Rum dagegen half.

*

Der Untersuchungsrichter blickte den Anwalt an und dieser seine Klientin, eine damenhaft elegante Dreißigerin.

„Daß an den Konserven mehrere Personen lebensgefährlich erkrankten, ist nicht zu leugnen“, sagte der Richter.

„Ich stellte die Konserven nicht her“, erwiderte die dunkelhaarige Schönheit im Pariser Modellkleid.

„Aber Sie mußten wissen, daß sie überlagert sind.“

„Sie trugen keinen Datumsstempel, Euer Ehren.“

„Die Dosen waren angerostet."

„Konserven dieser Art halten fünfzig Jahre. Sie sind auch dann noch genießbar."

Ungehalten fuhr der Richter dazwischen.

„Wollen Sie damit sagen, Señora, daß diese Dosen schon im zweiten Weltkrieg abgefüllt wurden?"

Der Anwalt mischte sich ein.

„Euer Ehren, Señora Xernandez ist Inhaberin eines Handelshauses für Im- und Export. Die Firma macht zweihundert Millionen Dollar Jahresumsatz. Die Beschuldigte kann nicht jede einzelne Partie begutachten und jede Kiste mit Konserven selbst überprüfen."

Der Richter zeigte Verständnis.

„Aber sie ist letzten Endes dafür verantwortlich."

„Für die Schlampereien von Angestellten?"

„Für die Zuverlässigkeit ihrer Angestellten", korrigierte der Richter. „Mehrere Personen sind an den Folgen der Vergiftung gestorben."

„Wenn man gewisse Konserven geöffnet in der Sonne stehenläßt", erklärte die Beschuldigte, „dann sind sie binnen weniger Stunden ungenießbar. Egal ob alte oder neue Ware. Man muß den Inhalt stets entnehmen. Das wurde offenbar nicht beachtet."

Der Untersuchungsrichter kam, da dieser Punkt nicht ausreichend geklärt werden konnte, zum nächsten.

„Sie haben Waffen und Munition nach San Salvador geliefert", warf er der Ramona Xernandez vor.

„Nicht ich", verteidigte sie sich, „sondern die Firma Brisatex."

„Sie gehört Ihnen."

„Aber sie hat ihren Sitz in Panama."

„Das Material wurde über costaricanisches Gebiet nach El Salvador gebracht.“

„Es wurde auch durch Nicaragua transportiert. Dort ging alles glatt, Señor.“

„Wir sind hier aber nicht in Nicaragua“, entgegnete der Richter scharf.

Die Transporte seien ordnungsgemäß mit Papieren versehen gewesen, beharrte der Anwalt.

Der Richter blätterte rasch in den Akten, bis er die richtige fand.

„Sie haben die Maschinengewehre und die Munition als Schrott deklariert.“

„Es war Schrott, Euer Ehren“, erwiderte der Anwalt. „Waffen mit einem Alter von vierzig Jahren gelten als Schrott oder als historische Sammelstükke.“

Der Ramona Xernandez wurde bei dieser Untersuchung noch einiges vorgeworfen, aber alles ließ sich widerlegen oder auf Lücken im Gesetz schieben.

Bald sah der Richter ein, daß er so nicht weiterkam. Ein Prozeß würde nur Staub aufwirbeln und den guten Ruf der Republik beeinträchtigen. Am Ende sperrte man ein paar Unschuldige ein, während sich die wahren Drahtzieher längst hinter juristischen Barrikaden verschanzt oder gar ins Ausland abgesetzt hatten. Also schlug der Richter einen Kompromiß vor.

„Gegen eine Zahlung von hunderttausend US-Dollar bleiben Sie auf freiem Fuß, Madame. Die Kaution verfällt jedoch, wenn Sie San José verlassen.“

„Ich fliege übermorgen nach London“, sagte sie.

„Dann ist die Kaution verfallen. Ihre Abwesenheit

zwingt mich aber auch, das Verfahren niederzuschlagen.“

Das war unsinnig, aber so lautete nun einmal die Kompromißformel. Schließlich konnte der Richter nicht gut sagen, zahlen Sie, und wir vergessen alles.

Ramona X. wollte zunächst nicht darauf eingehen. Sie setzte zu einer Erwiderung an. Da fühlte sie die Hand ihres Anwalts am Ellbogen und den Druck, den seine Finger ausübten. Er nickte ihr verstohlen zu.

„Einverstanden“, sagte sie zögernd.

Wenig später stand sie draußen in der Sommerhitze.

*

„Wie ging's?“ fragte Hernandos, als Ramona neben ihm saß.

Sie beugte sich zum Fahrer vor.

„Setz die Kopfhörer auf, Benito. Spiel dir Musik rein.“

Erst als der Chauffeur nicht mehr lauschen konnte, antwortete sie dem eleganten, etwas zu geschmeidig wirkenden Mann.

„Schlecht ging's“, berichtete sie. „Jeder Kontakt mit Gerichten ist schädlich. Wenn du einmal in den Akten geführt wirst, bist du deine Unschuld los.“

„Was unternimmt der Richter?“

„Nichts. Er hat meinen Scheck über hunderttausend Dollar.“

Hernandos pfiff tonlos.

„Der langt aber hin.“

„Ich nehme es aus eurer Tasche“, sagte Ramona.

„Die Ware kam von euch, also kommt auch die Strafgebühr von euch."

Hernandos lachte wie über einen mittelprächtigen Witz.

„Das holst du in einem halben Jahr mühelos wieder heraus."

„Vielleicht, wenn ich Tag und Nacht arbeite, von Land zu Land hetze und mit den dicken feisten Kanaillen, die sich meine Kunden nennen, schöntue."

Hernandos schlug die Beine übereinander. Im Fond des Buick war ausreichend Platz dafür.

„Du bist noch nie mit einem Mann schlafengegangen, den du nicht begehrt hättest."

„Im anderen Fall aber immer, meinst du."

„Mich hast du jedenfalls nie gewollt."

„Werde ich auch nicht."

„Wer weiß", deutete er an, „die Kautionsübernahme lehnen wir natürlich ab."

Das hatte sie erwartet. Aber sie wollte sich schadlos halten.

„Wie ist es mit dem Rindfleischkontrakt?"

„Du weißt, argentinisches Rindfleisch ist für dieses und das nächste Jahr ausverkauft."

„Bis auf die zehn Prozent freier Mengen."

„Darüber verfügt die halbstaatliche Torrocarn."

„Warum macht die verdammte halbstaatliche Torrocarn nicht auch die schmutzigen Geschäfte?" entgegnete sie.

„Weil wir dazu kleine geldgierige Raubkatzen wie dich haben."

Sie glaubte Hernandos verstanden zu haben.

„Heißt das, entweder weitermachen mit der heißen Ware und ein paar Tonnen Steaks, oder aussteigen und kein Rindfleisch?"

Er nickte heftig.

„So lautet die Alternative. Denn Rindfleisch verkauft sich ganz nebenbei wie von selbst."

Ramona glättete ihr schwarzes Haar mit der flachen Hand. Dann spielte die Hand mit dem Platinhalsband, in dessen Glieder Brillanten eingearbeitet waren.

„Manchmal habe ich es satt", zischte sie, „verdammt satt."

„Weil du jetzt reich bist. Du kannst noch reicher werden, Ramonita."

„Was ich besitze, genügt mir."

„Aber was du geleistet hast, genügt uns nicht."

„Bin ich euch etwas schuldig?"

„Im Gegenteil, wir sind dir etwas schuldig", höhnte Hernandos. „Wir würden dich dahin zurückbringen, wo du angefangen hast."

„In welchem Falle?"

„Wenn du die wunderbar eingelaufene Maschinerie aus Übermut zum Stillstand bringen würdest."

„Ich ginge aufs Land und würde Tomaten anbauen."

„Du würdest dich", formulierte Hernandos es anders, „auf deine Güter zurückziehen und deine Indio-Sklaven als Landarbeiter ausbeuten. Du selbst würdest bestenfalls den Zügel deiner Rassepferde in die Hand nehmen oder das Lenkrad deines Rolls-Royce."

Ramona schwieg und starrte hinaus.

„Ihr würdet mich rücksichtslos töten?"

„Man würde dir auf irgendeine Weise die Freude am Luxus vertreiben."

„Dann finge alles wieder von vorne an."

„Und dazu, mein Schatz, bist du nicht mehr jung, nicht mehr opferbereit genug."

Sie wußte, daß er das wußte und daß sie behaupten konnte, was immer sie wollte. Niemand würde ihr glauben, daß sie alles noch einmal so durchstehen würde wie es vor fünfzehn Jahren begonnen hatte.

*

Dort, wo sie herkam, roch es seit Generationen nur nach Schweiß und sauer verdientem Geld.

Weil Mädchen in den Slums von Mexiko City einfach weniger Chancen hatten als Jungens, steckte ihr Vater sie in Hosen und behandelte sie wie ihre Brüder.

Mit acht Jahren trug sie Zeitungen aus, mit zehn wusch sie Autos, mit vierzehn klaute sie den ersten Chevrolet.

Es ging ihr wie allen anderen. Sie mußte von Anfang an ums Überleben kämpfen. Aber sie hatte ein Erlebnis, das ihr eine neue Welt öffnete. Eines Tages schlich sie sich in ein Kino. Dort gaben sie einen Hollywoodfilm mit Joan Crawford und Henry Fonda. Sie verstand nicht, was auf der Leinwand passierte. Die Menschen sprachen amerikanisch, und die Untertitel konnte sie nicht lesen.

Von da ab ging sie regelmäßig zur Schule, entzifferte jeden bedruckten Fetzen Papier, der ihr in die Hände kam, und versuchte auf irgendeine Weise Englisch zu lernen. Sie wollte nicht hinnehmen, daß es Menschen gab, mit denen sie sich ebensowenig unterhalten konnte wie mit ihrem Hund.

Mit fünfzehn war Ramona für ihre Verhältnisse recht gebildet. Sie wußte, daß die Erde Kugelform hatte, wo Europa lag und China, und daß Archimedes kein Schnaps sondern ein griechischer Mathematiker war.

In einer Bibliothek lieh sie sich Lexikas aus und las sie von vorne bis hinten durch wie einen Liebesroman.

Mit sechzehn kaufte sie sich ihren ersten Lippenstift. Aber sie trug immer noch Hosen. Die zog ihr gelegentlich ein älterer Caballero aus, nachdem er sie mit Rum-Cola betrunken gemacht hatte. Unter Hemd und Bluse entdeckte er, was er erwartet hatte, nämlich, daß sie kein Junge war.

Er lockte sie in seine Villa. Doch als er sich auf sie werfen wollte, nahm sie den Lippenstift und schrieb damit etwas auf seine Brust, groß genug, daß er es lesen konnte – 30 Dollar hatte sie geschrieben.

Erst ohrfeigte er sie und wollte sie hinauswerfen, dann aber zahlte er.

Der Caballero entdeckte noch andere Talente an ihr und brachte sie in einer Bar unter, wo sie ordentlich verdiente. Mit einer Tanzgruppe kam sie ein Jahr später in die USA und trieb sich in Vegas und New York herum. Bald sprach sie Englisch wie ein in Cleveland geborenes Girl. Auf Grund ihrer Sprachkenntnisse arbeitete sie als Dolmetscherin, und weil sie so hübsch aussah, setzte man sie auch für Managergespräche ein. Sie wurde Sekretärin des Präsidenten der California Food Corporation. Mit ihm jettete sie von Tokio nach Brüssel, von Rom nach Singapore. Ab und zu ließ er ihr ein Geschäft zukommen, das ein wenig am Rande der Legalität lag.

Die ersten fünftausend Dollar machte sie mit EG-Butter für Brasilien. Das nächste größere mit ausrangierten Jeeps und GMC-Trucks aus US-Armeebeständen. Bald riß sie ihre eigenen Deals auf und teilte nicht mehr mit ihrem Boß. Im Herbst trennten sie sich.

Von da ab saß sie fest im Geiergeschäft, jener Branche, die sich mit dem Umschlag von Waren befaßte, die kein angesehenes Unternehmen in die Hand nahm. Meist ging alles per Telefon und cash. Ramona verdiente ihre erste Million. Da sie es vorzog, an keine Regierung Steuern zu zahlen oder nur sehr geringe, verlegte sie den Sitz ihrer Firma nach Costa Rica.

In wenigen Jahren hatte sich ihr Umsatz verhundertfacht. Der Laden bekam Dimensionen, die nur noch mit einem Computergedächtnis zu durchschauen waren. Ramona beschäftigte weltweit ein Heer von Aufkäufern und Verkäufern. Sie verfügte über eigene Schiffe, Speditionen und Verarbeitungsbetriebe, die etwa philippinische Arzneimittel zu deutschen Original-Tabletten umfrisierten.

Anläßlich eines großen Abschlusses, bei dem sie Überschußmengen argentinischen Weizens in die UdSSR vermittelte, lernte sie Hernandos kennen. Genaugenommen war sie es gewesen, die Hernandos auf die Idee mit dem Konservenlager gebracht hatte. Doch jetzt wurde sie die Geister, die sie gerufen hatte, nicht mehr los.

„Du selbst hast uns auf die Sache gestoßen", erwähnte Hernandos. „Aussteigen wäre Fahnenflucht. Da stecken noch Millionen drin. Was sag ich, vielleicht sogar Milliarden."

„Ja, Milliarden Pesos vielleicht. Und wie steht der Peso? Schlecht."

„Ich denke und du lenkst."

Benito wandte sich um und fragte, ob er zur Villa fahren solle oder zur Hazienda.

„Ins Büro", entschied Ramona, denn sie wollte Hernandos loswerden.

„Noch etwas", sagte Hernandos, der ihre Absicht durchschaute, „dieser Bursche da macht Ärger."

„Welcher?"

Er zog ein Foto aus der Brieftasche.

„Kenne ich nicht."

„Doch, du kennst ihn."

„Muß 'ne Ewigkeit her sein."

„Er kann uns trotzdem gefährlich werden. Du hast ihn in London getroffen oder in Paris."

„Nicht absichtlich."

„Es muß spät nachts in einer Bar gewesen sein. Ihr bliebt zusammen. Nicht nur eine Nacht."

„Soll vorkommen, oder?" bemerkte sie trocken.

„Damals hast du sogar deine Geschäfte auf ungewöhnliche Weise vernachlässigt."

Sie erinnerte sich genau, wollte aber nicht, daß irgend jemand daran rührte.

„Inzwischen dürfte ich es vermutlich überwunden haben."

„Vielleicht ist es wie bei einem Trinker. Ein Tropfen Alkohol, und du steckst wieder drin bis zum Hals."

Sie wollte zur Sache kommen.

„Was ist mit ihm?“

„Er muß kupiert werden.“ Hernandos drückte sich aus, als ginge es um das Beschneiden von Hundeohren. „Du wirst dabei helfen, falls es nicht anders geht.“

„Laß mich damit in Ruhe. Das ist Mord.“

„Wir haben Verträge, wonach jeder alles tut, um einen glatten Verlauf der Geschäfte zu gewährleisten.“

Nun brach ihr Temperament durch.

„Ihr kommt daher“, schnaubte sie, „denkt schon, ihr seid die Scheißkönige an jedem Ort, der das Glück hat, euch zu haben.“

„Einige müssen die Größten sein“, erwiderte Hernandos kühl, „und du wirst akzeptieren, daß hinter allem etwas mehr steckt als nur Umsatz und Verdienst.“

„Was?“ fragte sie, um endlich zu erfahren, was sie bei aller Schlauheit bis zur Stunde nicht durchschaute.

„Besser du weißt nicht alles und bist und bleibst nach wie vor unsere brave Ramona X.“

„Das verspreche ich dir nicht“, zischte sie.

„Dann verspreche ich dir auch nichts“, entgegnete Hernandos. „Kapiert!“

Der weiße Buick erreichte die Plaza Columbus, scherte dort aus und tauchte langsam fahrend seine Kühlerhaube in die schattige Tiefgarageneinfahrt eines Bürogebäudes.

„Benito wird dich zum Flugplatz bringen“, sagte Ramona.

„Und wann schickst du das Schiff?“

Sie nahm ein Notizbuch zu Hilfe.

„Die Mestiza liegt in Rio.“

„Zu klein. Wir brauchen einen Zwanzigtausendtonner mit verstärktem Bug. Du weißt warum."

„Die Kreola läuft am Siebzehnten Buenos Aires an. Mit Maschinen aus Germany."

„Sie soll weiterfahren nach Feuerland."

„Tauscht ihr wie immer Kapitän und Besatzung aus?"

„An Punkt fünf-fünf-sechs-fünf."

„Sind das die Koordinaten?"

„Wir machen es, damit niemand in Gefahr gerät. Weder du noch dein Personal."

„Und bei der Ersatzmannschaft spielt das keine Rolle?"

„Keine", versicherte Hernandos.

Ramona hatte wieder nicht herausgefunden, was sie gerne erfahren hätte. Um gewisse Dinge, zum Beispiel die Herkunft bestimmter Waren, zogen sie eine Mauer des Schweigens.

5.

Die alte Mühle in den Pyrenäen war trotz des Hochwassers nicht in die Luft geflogen. Die Fallensteller würden das schnell mitbekommen und das Wild auf andere Weise zu schießen versuchen.

Deshalb leitete der BND-Agent Robert Urban einige tarnende Maßnahmen ein. Dabei half er sich mit Bordmitteln.

Jenseits der Grenze verließ er die Hauptstraße. Als er sie wieder erreichte, hatte er statt seiner Standardkleidung, bestehend aus dunkler Hose, Glenchecksakko und Hemd plus Schlips, ein paar verwaschene Jeansröhren, Rollkragenpullover und Lederjacke an. Dazu trug er eine Hornbrille mit getöntem Fensterglas.

Obwohl er sich seit Tagen nicht rasiert hatte, verzichtete er weiterhin darauf, den Remington in die 12-Volt-Buchse zu stöpseln. Noch einmal achtundvierzig Stunden, und er konnte als Bartträger durchgehen.

Problematisch blieb sein stahlblaues BMW-Coupé mit der Münchner Nummer. Man konnte sich verkleiden wie man wollte, es nützte wenig, wenn man auf einem stadtbekannten Schimmel einherritt.

Von Perpignan aus, das er gegen Abend erreichte, sprach Urban mit dem Hauptquartier in Pullach.

Nach knapper Berichterstattung kam er zu den Tagesproblemen.

„Die Mühle steht noch. Also ist man weiter hinter mir her."

„Warum sollte man", fragte Sebastian ein wenig dümmlich.

„Warum hätte man mich erst in die Pyrenäen gelockt, wenn man mich jetzt laufenließe."

„Na schön, parken Sie den Wagen und nehmen Sie die Eisenbahn, ein Schiff oder den Flieger."

„Danke, ich nehme die Nacht", erwiderte Urban, „da sind alle Autos schwarz. Bis Paris traue ich mir zu, jeden Verfolger abzuschütteln. In Paris stelle ich den Wagen in eine Garage. Dort soll ihn das Pariser Büro abholen und irgendwie nach München schaffen."

„Wo steckt dann das Problem?" erkundigte sich der Oberst, „wenn Sie längst wissen, was Sie tun werden."

„Das Problem ist Wittakers Tod", erklärte Urban, „der möglicherweise mit dem Tod unseres V-Mannes im Hilton zusammenhängt. Dem muß man auf den Grund gehen.“

Da der Alte wissen wollte, was er dazu beitragen könne, erläuterte es ihm sein Agent Nr. 18.

„In London möchte ich mich derzeit nicht blicken lassen. Könnte ja sein, daß vor der Haustür von MI-6 einer dieser Wassermühlenkiller wartet. Bitte sprechen Sie mit Lord - B -, daß er einen Mann, der sich auskennt, nach Paris beordert. Bin morgen früh ab elf Uhr in der Bar des Hotels Commodore.“

„Hotel Commodore“, bestätigte der Alte. „Bar. Gleich links hinter der Reception.“

„Rechts hinter der Reception“, verbesserte Urban, „sie haben umgebaut.“

„Ob Lord - B - uns den Gefallen erweist?“

„Das hängt von Ihnen ab, Großmeister“, sagte Urban, „und wie geschickt Sie es einfädeln. Man muß es so hinstellen, als hätte ich etwas für die Engländer und nicht umgekehrt.“

„Immerhin waren Sie es, der Wittaker zuletzt gesehen hat.“

„. . . begegnet ist wäre die bessere Formulierung“, meinte Urban. „Leider war er schon kalt. Aber das brauchen Sie dem MI-six nicht auf die Nase zu knüpfen.“

Der Alte hatte verstanden, obwohl er gegen Abend meist mächtig nachließ.

*

Der Mann des Auslandsgeheimdienstes Ihrer britischen Majestät war pünktlich zur Stelle, setzte sich neben Urban an die Bar, bestellte Scotch und erkannte B. U. nicht, bis dieser zu sprechen begann.

„Was gepflegter Gammel doch ausmacht."
„Hast du das nötig?"
„Und wie."
Sie nahmen ihre Drinks und zogen sich in eine Ekke zurück.
„Sind sie hinter dir her?" fragte der Engländer.
„Fürchte schon."
„Ich meine hautnah?"
„Auf den letzten zwölfhundert Kilometern habe ich nichts bemerkt. Aber es war Nacht."
„Oder sie sind sehr gut."
„Das auf jeden Fall", versicherte Urban. „Woraus ich schließen muß, daß ich ihnen am Herzen liege. Dies wiederum läßt die Folgerung zu, daß es um etwas geht, das sie geheimzuhalten wünschen. Sonst hätten sie Wittaker auf diese Weise nicht abgefangen."
„Ich erfuhr es heute morgen vor meinem Abflug", berichtete der britische Kollege, der Urban nur mit seinem Decknamen Winston bekannt war.
Die Gelegenheit war günstig. Urban hakte ein.
„Was machte Wittaker so gefährlich?"
Der andere geriet, ohne daß er ein Wort geäußert hätte, ins Stocken. Man sah es ihm an, daß er nichts Konkretes beisteuern konnte.
„Wir hatten seit zehn Tagen, als er Lissabon verließ, keinen Kontakt mehr zu Jack Wittaker."
„Und was machte der in Lissabon?"
„Vermutlich folgte er seinen späteren Mördern."
„Auf Grund welcher Sachlage?"
Jetzt stotterte Winston nicht nur, sondern er erlitt totalen Sprachausfall. Ersatzweise hob er die Schultern.

Urban ließ zwei neue Doppelte anfahren, Bourbons und Scotchs.

„Wittaker fuhr also nach Lissabon, um das weltberühmte Kutschenmuseum zu besichtigen, den Schrecken aller Touristen."

Winstons jungenhafte Züge bekamen einen Ausdruck von Blauäugigkeit.

„Er beschattete einen gewissen Connors."

„Liege ich richtig, wenn ich annehme, daß Connors kein ehrenwerter Bürger des United Kingdom ist?"

Der andere nickte und nahm einen Schluck.

„Connors trägt mit Sicherheit einen Falschnamen. Wir vermuten, daß er Spanier ist oder Überseespanier. Auf Connors muß Wittaker über Winslow gestoßen sein."

Urban zog Stirnfalten.

„Und wer ist Winslow?"

„Ein alter Herr, schon weit über Siebzig, ehemaliger Beamter in verschiedenen Londoner Ministerien. Gehobene Korinthenkacker-Laufbahn. Er lebte seit Jahren oben an der Atlantikküste. In Billigländern hast du mehr von deiner Staatspension."

Ein Wort dieser Erklärung erschien Urban von besonderer Bedeutung. Er wiederholte es.

„Lebte."

„Nach dem Besuch Connors fing sein Haus zu brennen an."

Urban schaute nicht ganz durch.

„Folgte Wittaker dem Spanier zu dem alten Herrn?"

„Vermutlich lief es etwas anders. Unser Agent suchte den Pensionär auf, um etwas von ihm zu erfahren. Aber Connors war vor ihm da und hinterließ einen Aschenhaufen. Damit wollte er wohl verhindern, daß andere den alten Winslow anzapfen konnten. Irgendwie muß es Wittaker dann gelungen sein, die Spur des Feuerkillers aufzunehmen."

„Sie bemerkten es und lockten ihn in die Pyrenäen."

Winston steckte sich die Pfeife an. Bedächtig drückte er den Tabak Schicht um Schicht, die unteren zart, die oberen fest hinein. Dann schlug er Feuer. Man konnte ihm nicht zusehen, so umständlich ging er ans Werk.

„Wittaker kam aus irgendwelchen Gründen nicht nach London durch und versuchte nun, mich zu unterrichten. Rasch knipste man ihm auch diesen Draht ab. Ich kam zu spät. Die Gegenseite sah für mich und Wittaker eine Feuerbestattung vor. Das, scheint mir, ist ihre Spezialität."

„Offenbar", räumte Winston ein.

„Nur ein Punkt", erwähnte Urban, „ist noch abzuklären. Rief mich Jack Wittaker an, weil er Hilfe brauchte, oder weil er annahm, ich würde diesen Fall kennen?"

„Von Wittaker wird keine Antwort mehr kommen."

„Und von dir?" fragte Urban.

Erstaunt deutete der Engländer mit dem Pfeifenstiel auf seine Brust.

„Ich kam nach Paris, um zu hören, was Wittaker dir hinterließ."

„Nicht eine Zeile."

Der Engländer schien nachzudenken. Dabei schaute er sich in der halbdunklen Bar um. Dann erklärte er mit gesenkter Stimme:

„Auf einem Kleinkriegsschauplatz, weiß der Teufel, irgendwo in Mittelamerika, soll Giftgas eingesetzt worden sein. Könnte sich um Material aus britischer Herstellung handeln."

„Habt ihr den Mist nicht unter Verschluß?"

„Was heißt unter Verschluß in einer Zeit, wo Terroristenkugeln sogar den Heiligen Vater und den amerikanischen Präsidenten erreichen."

In Urban funkte es. Hatte nicht sein V-Mann, den er in München treffen wollte, Informationen ähnlicher Art aus El Salvador angekündigt?

„Gefällt mir aber gar nicht", gestand Urban.

„Uns noch viel weniger", versicherte sein britischer Kollege. „Wenn du erst mal drin bist in einem Haus, nimmst du nicht nur mit, was herumliegt, sondern noch ein bißchen mehr. Du öffnest diesen Schrank, jene Schublade, den Safe vielleicht . . ."

„Was", fragte Urban, „konnten sie Schlimmeres erwischen als Giftgas?"

„Das muß auch Wittaker beschäftigt haben."

Urban drückte die Zigarette in den Ascher. Aus Sicherheitsgründen rauchte er nicht MC, sondern eine schwarze Caporal. Ein bitteres Kraut, aber das richtige für harte Männer. Man mußte aufpassen, daß man sich nicht daran gewöhnte.

„Womöglich erwischten sie etwas noch Bösartigeres als Giftgas."

In diesem Augenblick dankte Urban dem Himmel, daß die Bundesrepublik wenig bis nichts mit der Sache zu tun hatte. Seinen Ärger über diese Bande und ihren perversen Mühlenradtrick wollte er so rasch wie möglich vergessen.

„Kannst du dir vorstellen", ließ sich der britische Kollege vernehmen, „wie uns das aufs Gemüt schlägt? In der Chefetage tragen sie mittlere Hinkelsteine im Magen spazieren."

Urban blickte einem großen schlanken Mann nach, der soeben in die Halle kam und das Hotel durch die Schwingtür verließ.

„Das war doch dieser Schauspieler, wie heißt er noch?"

„Sir Lawrence Olivier ist es nicht."

Zehn Minuten später wußten sie genau, wer er war.

*

Der großgewachsene, dunkelhaarige Mann hängte den Trenchcoat lässig über die Schulter, denn die Champs hinauf wehte ein kühler Wind und er hatte empfindliche Stimmbänder.

Neun Stunden vor der Premiere wollte er nicht heiser werden. Heute abend war Galavorstellung im Petit-Théâtre. Sie spielten ein Stück von Calderon de la Barca, ‚Der Richter von Zalamea' in Originalfassung. Selbst einem Spanier wie ihm fiel es schwer, den Urtext in den Kopf zu bekommen.

Nun, er hatte es geschafft. Nur der Souffleur, ein Franzose, machte ihm Sorgen. Wie sollte ein Franzose spanisch vorflüstern können.

Der Schauspieler überquerte die Champs, als oben an der nächsten Ampelkreuzung Rot kam.

Sein dunkelblauer BMW war zwischen einem Renault-Lieferwagen und einem holländischen Camping-Bus geparkt.

Sie hatten ihm kaum einen Meter gelassen, um aus der Lücke zu kommen. In Paris nützten sie den Parkraum total. Auf ein paar Beulen kam es hier nicht an.

Was Lackkratzer und Blechschäden betraf, war

der Spanier sehr eigen. Mißtrauisch umrundete er seinen großen neuen BMW. Das hintere Kennzeichen war leicht verbogen. Er richtete es gerade und wischte mit einem Papiertaschentuch den Straßendreck vom Madrider -M-.

Dann sperrte er auf, schob sich hinein und gurtete sich erst einmal an, weil dies in Frankreich strenge Vorschrift war.

Bevor er anließ, drückte er eine Kassette in den Radiorecorder. Er hatte sie selbst mit Passagen des Richters von Zalamea besprochen. In den letzten Tagen war es ihm zur Gewohnheit geworden, wo es ging, den Text abzuhören und mitzusprechen. Das brachte die nötige Sicherheit.

Nachdem er sich selbst eine Weile zugehört hatte, drückte er den Zündschlüssel eine Stufe weiter. Die Kontrollampen flammten auf.

Noch eine kleine Drehung. - Der Anlasser summte. Aber der Motor sprang nicht an. Er war nicht in der Lage dazu.

Eine Explosion, ausgelöst von einem unter dem Fahrersitz befestigten Kilopaket Plastiksprengstoff, zerfetzte im Bruchteil einer Sekunde die Nervenleitungen des Motors. Sie riß alle Kabel für Zündstrom, die Benzinleitungen und die Wasserschläuche ab.

Kaum geringeren Schaden richtete die Bombe bei dem Fahrer an.

Während der Gasdruck tödliche Pressionen auf Lunge, Herz, Gefäße und Hirn ausübte, wurden Dutzende von Splittern aus Metall, Kunststoff, Gummi und Gewebe von unten her durch seinen Körper geschossen. Allein ihre Perforationen genügten, um ihn mehrmals zu töten.

Dann fing der Wagen zu brennen an. Der Tank war randvoll gewesen. Achtzig Liter Superbenzin leisteten ganze Arbeit.

*

„Was war das?“ fragte der Engländer. „Schätze, das scheucht auch ein gehörloses Mütterchen in den nächsten Luftschutzkeller.“

Urban trat ans Fenster und sah das Auto brennen.

Winston wollte hinaussturzen. Urban hielt ihn am Arm zurück.

„Ein BMW“, murmelte er erschüttert. „Blau.“

„Ob sie das falsche Objekt erwischten?“

„Madrider Kennzeichen sind den Münchner Kennzeichen täuschend ähnlich.“

„Hast du Erfahrung darin?“

„Schlechte“, sagte Urban, „wurde schon mal für einen Spanier gehalten.“

„Und ihn verwechselten sie mit dir.“

„Bei telefonischer Übermittlung kann so was vorkommen. Was unterscheidet mein Coupé schon vom Siebener. Ein paar Quadratmeter Blech.“

„Und die Farbe.“

„Sie ist nahezu identisch.“

„Farbe, Marke, Kennzeichen, Figur“, zählte Winston auf.

Die Polizei kam. Ihre Feuerlöscher waren schnell leer. Erst die Feuerwehr wurde des Brandes Herr. Was der Leichenwagen später wegfuhr, waren nur menschliche Überreste.

Der Barmixer war hinter Urban getreten.

„Señor Pellestrino. Guter Schauspieler. Friede seiner Seele. Nur von Drinks verstand er nichts. Immer mußte ich diesen fürchterlichen spanischen Kognak für ihn bereithalten."

Der Engländer sagte:

„Laß uns die Flasche für ihn leer machen, Dynamit."

Urban war einverstanden.

„Ja, dazu sind wir wohl verpflichtet. Zu seinem Gedenken."

Während sie das Zeug hinuntergossen, faßte Urban einen Entschluß. Auch wenn ihn dieser verfluchte Fall nichts anging, konnte er sich nicht einfach umdrehen und verabschieden, als sei nichts geschehen.

Er würde diese Gangster am eigenen Leib erfahren lassen, wie Sprengstoff schmeckte. Immerhin hatte ein Unschuldiger sterben müssen.

„Sein Tod darf nicht umsonst gewesen sein." Urban hob das Glas.

„Auf sein Wohl und das unsere", rief der Engländer, „à votre Charité!"

*

Vor seiner Heimfahrt nach München sprach Robert Urban mit seinen Freunden bei Interpol und SDECE, dem französischen Geheimdienst.

Ebenso wie in London wollten sie die Archive durchforsten, ob sich nicht Hinweise fanden, wonach Mitglieder von NATO-Geheimdiensten mit mittelamerikanischen Organisationen in Verbindung gestanden hatten, egal ob es sich um linke Guerilleros oder um rechte Militärjuntas handelte. Dabei sollte berücksichtigt werden, wieweit der BND oder MI-6 oder beide zusammen an dem Fall beteiligt waren und ob der Name von Urban und Jack Wittaker auftauchten.

Überall wurde dieselbe Frage an Urban gerichtet:

„Und du hast keine Erinnerung?“

„Wäre ich dann hier?“

„Dein Gedächtnis ist in Ordnung?“

„Ich höre keine Klagen.“

„Schön, wir checken alles durch“, versprachen sie. „Wir bleiben in Kontakt.“

Von München aus wurden nicht nur das Bundeskriminalamt, sondern auch die Amerikaner, speziell ihr Geheimdienst und das FBI aktiviert.

Doch keine der angezapften Quellen lieferte in den nächsten Tagen auch nur einen Tropfen.

6.

Das Gespräch war streng geheim. Die vier Teilnehmer kamen in der Dunkelheit an Bord des Kreuzers.

In der Offiziersmesse nahmen sie ein Dinner. Anschließend zogen sie sich in die Kajüte des Admirals zu Mokka, Cognac und Zigarren zurück.

Daß sie dabei nur über Frauen und Sportwagen sprachen, war absolut unzutreffend.

Es ging auch nicht darum, den verlorenen Falklandkrieg zu diskutieren. Keiner schob einem anderen die Schuld zu, obwohl zwei der Anwesenden durchaus als große Drahtzieher bezeichnet werden konnten. Es wurde ebensowenig über Tapferkeit und Feigheit diskutiert wie über kapitale Fehler auf diplomatischem und militärischem Gebiet, oder über die Brutalität der Engländer. Um was es ging, erklärte der Finanzminister in einem Satz schlicht, aber ergreifend.

„Argentinien“, verkündete er, „ist pleite. Zunächst nur theoretisch, aber wenn einer unserer Gläubiger die Schulden einzutreiben beginnt, dann sind wir es auch de facto.“

Der General, der immer gut mit Geld hatte umgehen können, zu jeder Stunde seines Lebens war er in der Lage, zu wissen wie viele Münzen er in der Tasche herumtrug, steckte seine Havanna frisch an.

„Wieviel?“

„Im Spätsommer hat sich die Schuldenlast auf siebzig Milliarden aufsummiert.“

„Dollar“, fügte der zweite Zivilist hinzu. „Amerikanische.“

Der Admiral, dessen Flotte dezimiert worden war und dessen Schiffe wegen Treibstoffeinsparungen die meiste Zeit an den Leinen hingen, versuchte abzuschwächen.

„Sie können uns nicht pleite gehen lassen. Ihre Banken hängen zu tief drin. Wenn sie uns für zahlungsunfähig erklären, müssen sie dasselbe mit Mexiko, mit Brasilien, mit fast allen Ostblockstaaten und einem weiteren Dutzend Staaten in Asien und Afrika tun. Das reißt alle in einen Strudel, gegen den die Wallstreet-Katastrophe von neunzehnhundertneunundzwanzig nicht mehr als der Wirbel von ablaufendem Badewasser gewesen ist.“

Der Finanzminister seufzte schwer.

„Man behauptet immer, Staaten könnten nicht pleite gehen. Man behauptete auch lange Zeit, kein Mensch könne je den Mond betreten. Inzwischen war einer auf dem Mond, und sie bringen es auch fertig, einen Staat in den Bankerott zu jagen.“

„Diese Halunken in New York, in London und Paris."

Daß ihre Regierung selbst an dem Dilemma schuld war, erwähnten sie ebensowenig wie die Milliarden, die das Falklandabenteuer gekostet hatte.

Nachdem die Lage so ausgiebig besprochen worden war, daß es schmerzte wie Salz in einer Wunde, trat erst einmal Pause ein.

Später stellte einer aus der exklusiven Runde die Frage, wie es denn angesichts der Weltwirtschaftskrise weitergehen solle.

„Sparen", wurde als erstes vorgeschlagen.

„Die Schulden verringern durch hohen Export und radikale Sperre aller Einfuhren."

„Dann müssen wir beim größten Posten beginnen, beim Öl. Morgen fährt kein Automobil mehr, übermorgen marschieren sie auf die Straßen und schlagen uns die Köpfe blutig. Was sich der einfache Bürger neben seinem Stück Fleisch nicht nehmen läßt, ist das Automobil. Das schätzt er meist höher als seine Ehefrau."

„Einfuhrsperre bis auf die nötige Energie", wurde eingeschränkt.

„Damit kriegen wir aber unser Rindfleisch und unseren Weizen nicht mehr los. Das läuft alles über Gegengeschäfte."

„Dann senken wir radikal die Preise."

„Und wie wollen wir den Lohnforderungen nachkommen? Das führt doch zu Generalstreiks."

Nachdem sie sich über Stunden die Köpfe heiß geredet hatten, kamen sie zu dem Ergebnis, daß es nur mit Verbundmaßnahmen, mit Sparen, Exporterhöhung und neuen Überbrückungskrediten zu machen sei.

„Die man uns verweigern wird“, befürchtete der Finanzminister.

„Wer verweigert?“

„In erster Linie die Regierungen in Washington und London, indem sie keine Risikogarantien mehr an ihre Banken weitergeben.“

Der Admiral, der dieses Gespräch wie an Marionettendrähten geleitet hatte, fand, daß der Punkt erreicht war, an dem er es haben wollte.

„Mit denen werde ich fertig“, deutete er an.

Nähere Erläuterungen waren nicht möglich, weil ein Offizier hereinkam und eine Meldung abgab.

*

An den Bulleyes der Admiralskajüte schob sich schattenhaft eine riesige Stahlwand vorbei.

„Was ist das für ein Schiff?“ fragte der Zivilist, der in dieser Runde den Staatspräsidenten vertrat.

„Ein Frachter“, antwortete der General.

„Das sehe ich auch. Ein Flottentender oder ein Versorgungsschiff?“

„Dann wäre es marinegrau gestrichen.“

„Warum fährt es abgeblendet? Der Krieg ist zu Ende. Und soweit unten am Kap ließ sich nie ein Tommy blicken. Nicht einmal eines seiner verdammten Aufklärungsflugzeuge.“

„Sondereinsatz vermutlich“, tippte der Finanzminister.

„Als Schiff der Flotte müßte es eine Nummer führen und als Schiff einer Reederei einen Namen. Beides hat es nicht.“

„Ein Geisterschiff“, murmelte der Finanzminister,

„das es gar nicht gibt. Vorbei und weg. Sehen Sie noch etwas davon, Caballeros?“

Inzwischen hatte sich die wenigstens hundertdreißig Meter lange schwarze Silhouette weiter in Richtung auf die Sundausfahrt bewegt und war in der Tat nicht mehr zu erkennen.

„Der Name wurde offenbar übermalt“, meinte der General nach seinem Whiskyglas fassend.

„Was treibt die Marine da wieder für Spielchen?“

„Fragen wir doch unseren Freund, den Admiral.“

Der Admiral war noch nicht zurückgekommen. Also ergingen sie sich weiter in Mutmaßungen.

„Ich kam als erster her“, sagte der General, „mein Hubschrauber landete am späten Nachmittag. Ich hatte noch den Vorbeimarsch der frischvereidigten Rekruten abzunehmen. Von der Kaserne aus überblickt man den Hafen. Dabei fiel es mir auf. Dieses Schiff führt weder Namen noch Nummer und es hat auch keine Flagge am Stock.“

„Dann wird es in internationalen Gewässern Schwierigkeiten kriegen.“

„Es läuft nach Süden.“

„Und in der Antarktis ist der Verkehr äußerst dünn.“

„Nur eines verstehe ich nicht“, fuhr der General fort, „ich sah, wie die Besatzung das Schiff verließ. Mit ihren Seesäcken und Koffern kamen sie über die Gangway und bestiegen einen Armeebus. Offiziere und Matrosen, gut und gern dreißig Mann.“

Der Finanzminister, der zwar als exzellenter Rechner galt, aber von Seefahrt nicht allzuviel wußte, staunte sehr.

„Wie kann ein Schiff ohne Besatzung den Hafen verlassen?“

„Und völlig leer dürften seine Laderäume auch gewesen sein", fügte der Abgesandte des Staatschefs hinzu. „So hoch wie es aus dem Wasser ragte, führte es wohl nur das nötige Minimum an Ballast mit."

„Nun, es wird schon Ladung nehmen."

„Wo, wenn es allem Anschein nach mit Südkurs in die Arktis läuft? Wenn es ein Walfänger wäre oder ein Fabrikschiff zur Bearbeitung von Kabeljau auf Hoher See, dann könnte ich das noch begreifen. Aber so verstehe ich eigentlich nichts mehr."

„Fragen wir den Admiral."

Aber der Admiral kam nicht.

*

Die Eleganz, die die Creme des Landes immer gern zur Schau stellte, hatte unter dem Krieg merklich gelitten. Fast schien es, als sei es ein ungeschriebenes Gesetz geworden, weniger zu zeigen als man hatte.

Der Admiral, dessen Uniform Ähnlichkeit mit dem abgetretenen Teppich zu seinen Füßen hatte, sah aus wie damals, als er durch einen britischen U-Boot-Torpedo sein Flaggschiff verloren hatte.

„Was gibt es?" fragte der Finanzminister.

„Als ob Sie das nicht längst wüßten", fuhr ihn der Admiral an. „Meine Flotte ist nicht mehr wert als ein Haufen stählerner Kanonenbunker, die man am Pier festbetoniert hat. Sollen wir in Zukunft etwa Segel setzen?"

„So schlimm steht es?"

„Um einigermaßen darzustellen, was eine Flotte ausmacht, benötigen wir zwanzigtausend Tonnen Gasöl, schweres Heizöl und Benzin im Monat. Seit September beläuft sich die Zuteilung auf elftausend

Tonnen. Auch das steht nur auf dem Papier. Die Minderlieferungen in diesem Quartal betrugen schon eine Monatsmenge. Ich erwarte dringend Nachschub, sonst können wir nicht einmal mehr Stromaggregate und Bordheizung betreiben. – Soeben erfahre ich, daß der Marinetanker bei der staatlichen Raffinerie in Rivadavia nicht beladen werden kann."

„Stimmt, die Vorräte sind erschöpft. Venezuela, Mexiko und Nigeria liefern nur noch gegen Barzahlung."

Die vier Männer an Bord des Kreuzers schätzten sich nicht sonderlich. Aber um Lösungen zu finden, vermieden sie alle Streitpunkte.

Der Finanzminister, der auf Grund seiner Position am besten wußte, wie schlimm es wirklich stand, sagte:

„Ihre letzte Bemerkung, Admiral Rogales, lautete sinngemäß wie folgt: Mit diesen Wucherern in Washington und London, mit denen werde ich schon fertig. Wie meinten Sie das? Ersparen Sie sich die Schilderung von Wunschträumen, seien Sie objektiv, bitte."

Der Admiral lockerte die Krawatte und steckte die angerauchte Zigarre noch einmal an. - Früher hätte er sie nach zwei Zügen weggeschmissen.

„Als ich zurückkam, sah ich Sie am Bulleye stehen, Caballeros."

„Ein Fliegender Holländer zog vorbei."

„Es gibt einen Weg", deutete der Admiral an, „diese hochnäsigen Gentlemen auf ihren Geldsäcken unter Druck zu setzen."

„Wie unter Druck?"

Der Admiral setzte an, griff aber einen anderen Gedanken auf, der auch andere Worte erforderte.

„In El Salvador gerieten die Regierungstruppen ganz schön in Schwulitäten."

„Die siegen doch im ganzen Land."

„Aber mit welchen Mitteln!"

„Ich habe Geheimdienstberichte vorliegen", unterbrach der General, „wonach der Diktatorpräsident Giftgas einsetzte."

„Richtig."

„Giftgas welchen Ursprungs?" erkundigte sich der Minister.

„Von ihren Hauptwaffenlieferanten, den Amerikanern. Die zeigen sich natürlich empört über diesen Verdacht."

Der Admiral senkte die Stimme.

„Es handelt sich um amerikanisches und britisches Giftgas, aber es stammt nicht von ihnen."

„Das müssen Sie uns erklären, Rogales."

Ohne darauf zu antworten, fuhr der Admiral fort: „Mit noch viel bösartigeren Mitteln als Giftgas werden an anderen Schauplätzen Truppen und Terroristen, Polizei und Guerillas, Revolutionäre und Konterrevolutionäre aufeinanderstoßen. Dann aber wird bekannt werden, daß die USA und England diese verfemten Waffen lieferten. Und wenn man Beweise verlangt, ich habe diese Beweise. Dann wollen wir doch sehen, was den Gentlemen mit den hohen Goldreserven diese Beweise wert sind."

Der Finanzminister schüttelte den Kopf.

„Wollen Sie ihnen die Beweise etwa verkaufen?"

„Man wird die Herren leichter zu Wohlverhalten, zur Anhebung der Kreditlinien veranlassen können, zu Zinsstundungen oder gar zur Aufhebung der Rückzahlungsquoten."

Der General, der Finanzminister und der Vertreter des Staatspräsidenten blickten sich zweifelnd an.

„Und wer soll das an der Regierung vorbei, quasi mit unserem Einverständnis, aber ohne unser Wissen, den Yankees beibringen?"

Der Admiral wandte sich an den General.

„Dafür unterhält die Armee eine schlagkräftige Einheit."

Nun mußte der General einräumen, daß er schon in dem einen oder anderen Punkt tätig gewesen sei, ohne allerdings das Gesamtproblem zu kennen.

„Dachten Sie an unsere Geheimdienste?" tat der Vertreter des Staatschefs entsetzt.

„Nur an die Unterorganisation einer Unterorganisation."

„Erfordert solches Vorgehen nicht verbrecherische Maßnahmen?"

Der General zeigte sein Stahlkronengebiß, das er goldenen Zähnen vorzog, weil es besser war und länger hielt.

„Was wir einsetzen, ist nur ein loser Wurmfortsatz unserer Geheimdienste. Wenn es um staatserhaltende Maßnahmen geht, dann ist das immer eine Art Krieg mit anderen Mitteln. Würden Sie einen Soldaten, der einen Gegner im Nahkampf tötet, als Mörder bezeichnen, Caballeros?"

„Staatsrechtlich ist Krieg etwas anderes."

„Der Krieg bei den Falklands wurde von keiner Seite je erklärt, trotzdem starben Tausende. Kommt es da auf ein paar Härtefälle mehr oder weniger an, wenn wir volkswirtschaftlich dadurch überleben?"

„Und es sind keine ABC-Waffen aus unserer Produktion dabei im Spiel?“ vergewisserte sich der Mann des Staatspräsidenten.

„Nicht ein Gramm.“

Der Finanzminister hätte gerne auf weitere Einzelheiten verzichtet, aber er war nicht taub. Deshalb versuchte er zu bremsen.

„Zum Einsatz gebracht werden diese Druckmittel doch von Privatleuten, oder?“

„Zum Beispiel von der Reederei, der die ‚Kreole‘, das Schiff, das eben in See ging, gehört.“

„Diese Organisationen sitzen im Ausland?“

„In Costa Rica und in Dakar.“

„Und sie wissen nicht, woher die Ware kommt und wie wir in den Besitz der Ware gelangten?“

„Wir tauschen immer die Schiffsbesatzungen aus. Auch die der Flugzeuge.“

„Wenn das nur gutgeht“, seufzte der Finanzminister.

„Haben wir andere Chancen?“

„Erpressung ist nichts Feines.“

„Erpreßte man uns etwa nicht, Inseln zu räumen, die Teil des Vaterlandes sind?“

„Auge um Auge“, forderte der General.

„Oder sollen wir nach diesem Debakel reumütig nach London wallfahrten und auf den Knien um Finanzhilfen bitten, damit wir die Wunden heilen, die man uns zugefügt hat?“

„Niemals“, sagte der Admiral.

„Viva Argentina!“ rief der General.

Aber es klang merkwürdig gedämpft.

7.

Vor dem BND-Agenten Robert Urban lag ein Fernschreiben des Bundeskriminalamtes. Auf seine Anfrage hin teilten sie mit, daß sie gemäß Aktenlage mit der Sache nie befaßt gewesen seien.

Ähnlich lauteten die Informationen der anderen Inhaber von Computer- und Handkarteien.

Diese oberschlauen Organisationen! Sie hörten zwar lungenkranke Ex-Terroristen im Walde von Davos husten, aber wenn es darum ging, eine Datenkopplung herbeizuführen, dann fehlten dazu angeblich die Programme.

Oberst Sebastian trat in Urbans Büro.

„Schon Land in Sicht?"

Ein Telefon schrillte. Einer der grauen Apparate. Urban hob ab. Ein Ferngespräch. Der Oberst verschwand wieder in der Operationsabteilung.

Paris war am Draht. Kommissar Boulanger von der Mordkommission.

„Die Calderon-Premiere im Petit-Théâtre mußte natürlich abgesagt werden", begann der Sûreté-Mann.

„Bin jetzt noch ziemlich unhappy, wenn ich daran denke."

„Nicht deine Schuld, daß du Pellestrinos Länge hast, im gleichen Hotel wohntest, von Automarke, Farbe und ähnlichem Kennzeichen ganz zu schweigen."

„Es war Profiarbeit", sagte Urban.

Unseren Experten gelang sogar, aus den Trümmern die Hand des Sprengmeisters zu erkennen. Er arbeitete mit Vibrationszünder, packte den Mist einfach auf das Auspuffhosenrohr. Da in diesem

Fall kein elektrischer Anschluß nötig ist, dauert der Einbau nur wenige Sekunden. Die erste Vibration beim Anlassen des Motors genügte, um den Zünder auf die nötige Frequenz zu bringen."

„Ihr habt den Mann?"

„Natürlich besitzt er das niet- und nagelfesteste Alibi seit Erfindung des Meineides. Aber wir fanden heraus, daß er in der Nacht vorher ein Ferngespräch aus Spanien hatte und daß zur Zeit des Anschlages einiges rund ging. Er provozierte eine Schlägerei. In einem Fischernest bei St. Malo machte er Kleinholz aus der Bar, so daß er von der Polizei zwecks Ausnüchterung in Gewahrsam genommen wurde."

„Zweihundert Kilometer von Paris entfernt an der Küste", bemerkte Urban. „Er muß seiner Konstruktion verdammt sicher gewesen sein."

„Wir kennen zwar den Täter", bedauerte Boulanger, „aber wir haben ihn nicht. Die Spur führt nach Spanien."

Urban rief seinen Freund Erneste Segovia von der BIS in Madrid an. Der Coronel wollte alles tun, um Täterbeschreibungen aus dem Pyrenäendorf zu bekommen und sie mit den Flügen nach Lateinamerika abzuchecken. Mehr konnte er nicht versprechen.

Dann saß Urban wieder herum, trank Kaffee, wartete. Bald stieg er auf härtere Sachen um, auf seinen Dynamit-Drink im Katastrophenverhältnis eins zu zehn, und wartete, wartete.

In drei Stunden machte er eine Packung MC leer. Das half auch nicht weiter. Der Alte kam und erkundigte sich.

„Land in Sicht?" fragte er.

„Es gibt auf der Welt Millionen von Gangstern", antwortete Urban.

„Ich wäre nie auf die Idee gekommen", sagte Sebastian, „daß es so wenige sind."

*

Irgendein Datenkuli in einem Brüsseler Computerkeller hatte offenbar seine Sternstunde. Er schürzte einen Knoten, gegen den der Gordische nur ein hübsches Schleifchen war.

Überrascht, daß er auf seine Frage tatsächlich Antwort erhalten hatte, reichte er den Computerausdruck an den Abteilungsleiter weiter. Dieser erörterte ihn mit seinem Vorgesetzten, der das Ergebnis an die Sicherheitsgruppe des NATO-Oberkommandos delegierte.

Dort machten sich erneut einige inkompetente Leute darüber her und rätselten lange daran herum.

„Wittaker, Winslow, Urban, elfter November vierundsiebzig. NATO-Hearing. Was, zum Teufel, soll das?"

Sie wollten die Information schon ablegen und vergessen, als ein britischer Captain den Vorgang zufällig in die Hand bekam.

„Ich habe schon immer behauptet", bemerkte er kühl, „daß die Wirksamkeit eines Kopfes nicht von seiner Größe abhängt. Je umfangreicher, desto mehr Wasser ist meist darin enthalten. - Auf diese Information warten wir mit Schmerzen, Gentlemen."

„Jetzt haben Sie sie ja, Captain", meinte ein holländischer Kollege.

„Aber fast wäre sie den Rhein runtergeschwommen, Mijnheer."

„Wenn die Nacht nicht gekommen wäre und die Preußen, dann hätte Wellington gegen Napoleon schlecht dagestanden."

Der Engländer nahm das Papier mit in sein Büro und rief München an. Dort war ebenfalls Sand im Getriebe. Urban hatte das BND-Hauptquartier vor wenigen Minuten verlassen. Die Zentrale versuchte die Verbindung über seinen Autotelefonanschluß zu kriegen. Vergebens.

Spät abends erreichte der Captain Urban zu Hause.

„Wollte schon aufgeben", sagte der Geheimdienst-Verbindungsoffizier, „aber vielleicht ist Ihnen doch damit gedient, Bob. Ein Datenspeicher, dem wir seit zehn Jahren die täglichen Programmabläufe einfüttern, warf für den elften November vierundsiebzig drei Namen aus. Wittaker, Winslow und den Ihren, Colonel Urban."

Urban versuchte die Daten zusammenzuhängen. Sein Gedächtnis war nicht das schlechteste. Er konnte sich aber nicht entsinnen, Wittaker damals getroffen zu haben.

„Winslow. Ist das der Experte, der in Portugal umgebracht wurde?"

„Ein paar Tage, bevor Wittaker dran glauben mußte."

„Mag sein", räumte Urban ein, „daß die beiden, vielmehr, daß wir drei gleichzeitig in Brüssel gewesen sind. Aber wir begegneten uns nicht und hatten geschäftlich nichts miteinander zu tun."

„Nun", meinte der Captain, „bei Konferenzen

kommen meist Hunderte von Leuten zusammen, man kann nicht jeden kennen."

„Konferenz", murmelte Urban, „man müßte herausfinden, um was es bei besagter Konferenz ging. Kann sich auch um ein Seminar gehandelt haben, oder um eine Reihe von Vorträgen."

In diesem Moment hatte er es.

„Danke Ihnen, Captain."

Nachdem er aufgelegt hatte, ging er zu seinem Safe und entnahm dem unteren Fach einen Stoß Akten, ein reichliches Dutzend Schnellhefter in einem nahtlosen Gummiband. Die Hefter enthielten, meist auf vierzig Maschinenseiten, seine gesammelten Vorträge, seine Lageanalysen, seine Erfahrungsberichte, alles was er im Laufe seiner Tätigkeit an befreundete Geheimdienste weitergegeben hatte.

Auf den Schnellheftern war stets Jahr und Quartal der Niederschrift festgehalten. Auf einem der gelben Ordner stand 1974/Herbst.

Urban schlug ihn auf. Das erste Blatt nannte den Titel des Vortrags.

- Über die scheinbare und wahre Dauer von Kriegen - hatte das Referat gelautet.

Urban blätterte den Vortrag durch, las quer. Das Telefon unterbrach ihn dabei. Sein Chef, der Oberst, war am Apparat.

„Noch kein Land in Sicht", meldete Urban.

„Brüssel sucht Sie."

„Und hat mich gefunden", erklärte Urban.

„Kam etwas heraus dabei?"

Urban setzte den Alten ins Bild.

„Was war das für ein Vortrag?"

„Die Zusammenfassung meiner Ermittlungen darüber, daß Kriege in der Regel doppelt solange dauern wie später in den Geschichtsbüchern ausgedruckt wird. Der letzte Weltkrieg begann neununddreißig und endete fünfundvierzig. Wenn man es genau nimmt und die rüstungswirtschaftlichen und militärpolitischen Vorbereitungen einschließt, begann der zweite Weltkrieg schon einige Jahre früher. Und danach, bis die Welt vom Rest des Krieges gereinigt war, vergingen weitere fünf Jahre."

„Rest des Krieges", fragte der Alte, „was verstehen Sie darunter?"

Es machte Urban keine Mühe, dieses aufzuzählen.

„Zerstörungen, nachhaltige Schäden am Welthandel, Umstellung der Wirtschaft von Kriegs- auf Friedensproduktion, Abbau der durch Waffenstillstandsabkommen nur mühsam unterdrückten Feindseligkeiten. Ferner Auflösung der riesigen Waffen- und Munitionslager, Einmottung oder Verschrottung der Ausrüstung von Flotten, Luftwaffen und Armeen. Und nicht zuletzt Heilung der körperlichen und seelischen Wunden. Kriege schlagen immer ganze Kulturen kaputt, neue breiten sich aus. Doch die der Sieger sind nicht immer die besseren."

Der Oberst knurrte, als Zeichen, daß er nicht zufrieden war.

„Und dies beinhaltete Ihr Vortrag?"

„Speziell geheimdienstrelevante Einzelheiten", führte Urban noch aus, „zum Beispiel, inwieweit die im Krieg auf Hochtouren laufende Forschung uns neue Waffentechnologien gebracht hat und ihre Auswirkung auf die Zeit danach."

„Sie meinen speziell die Atombombe und die Atomwirtschaft."

„Auch die Entwicklung der Raketen zur Raumfahrt, der Waffenchemie und ihren Einfluß auf die Heilmittelkunde."

„Der Vortrag brachte also nichts Neues."

„Mit Ausnahme der Zukunftsanalysen."

„Heute ist alles längst überholt."

„Weniger überholt als vergessen."

Der Alte wurde nachdenklich.

„Hätte damals ein kriminell veranlagter Zuhörer aus Ihrem Vortrag Anregungen zu ziehen vermocht?"

„Das vermag er, wenn er an einer Bank vorbeispaziert."

„Sie sind damals Wittaker und Winslow nicht begegnet?"

„Winslow mit Sicherheit nicht. Ich kannte ihn auch gar nicht."

„Aber merkwürdig ist dieses Zusammentreffen schon."

„Nur theoretisch auf dem Papier. Angenommen, Sie sind in Rom, wenn gerade Mia Pia della Casa dort weilt. Kein Grund, gleich anzunehmen, Sie hätten mit ihr geschlafen."

Damit hatte sich Urban selbst ein Stichwort serviert. Von einer Sekunde zur anderen mußte er seine Meinung korrigieren.

„Ich werde trotzdem nachfassen", erklärte er. „Bin also morgen nicht im Dienst."

Das war der zweite Stromschlag, den er bekommen hatte. Das Attentat auf den Madrider BMW hatte ihn moralisch verpflichtet, den Fall anzupakken, und ein Erlebnis damals in Brüssel rief in ihm eine Fülle von Erinnerungen wach, obwohl es für einen Agenten schlecht war, sich auf diese Weise befeuern zu lassen. Moral hemmte nur, und schöne Erinnerungen waren für harte Männer dasselbe wie Weichspüler für eine Ritterrüstung.

*

Bis Urban im Dschungel des NATO-Hauptquartiers vom Haupteingang bis zu jener Stelle durchkam, die ihm weiterhalf, dauerte es ebensolange wie der Flug von München nach Brüssel mit Umsteigen in Frankfurt.

Allein mit Hilfe des ortskundigen britischen Captains Pit Papper fand er zur Archivstelle des Pressebüros des Amtes für Öffentlichkeitsarbeit der NATO.

„Im Vertrauen gesagt", äußerte sich der sarkastische Papper, „etwas Gutes hätte so ein kleiner Krieg schon für sich. Falls die Russen marschieren, bitte ich um einen Panzerstoßkeil in Richtung Belgien. Gewiß würden wir ihn zum Stehen bringen und zurückschlagen, aber vorher möge er zwei Zentralen dem Erdboden gleichmachen, die EG-Hauptverwaltung und das NATO-Oberkommando. Mit dem, was diese Apparate kosten, könnte man jeden Landwirt Europas und jeden Corporal mit Vierzig in Pension schicken."

Urban nahm das Stichwort Pension gerne auf.

„Wissen Sie, woran Winslow in Portugal arbeitete? Ich hörte, er schrieb an einem Manuskript."

„Nur an seinen Memoiren."

„Was hat ein ehemaliger Regierungsdirektor schon Interessantes über seine Schreibtischkarriere zu berichten?"

„Das ist es ja. Der Verleger, der die Memoiren bestellte, den soll es gar nicht geben."

„Welche Akten wälzte Winslow im Lauf der Jahre eigentlich?"

„Vor dem Krieg arbeitete er im Wirtschaftsdepartment. Während des Krieges war er für Nachschubbereitstellung zuständig. Bis fünfundfünfzig wickelte er nur ab. Dann setzte er sich im Finanzministerium zur Ruhe."

„Er war in Brüssel, um sich meinen Vortrag anzuhören."

„Als Depotabwickler fiel das in sein Ressort."

„Und was fiel in Wittakers Ressort?" erkundigte sich Urban.

„Der war wohl nur routinemäßig dabei. Agenten sind immer da und dort und hier und da, wo man sie meist nicht braucht."

„Und doch erwischt es jeden einmal am richtigen Ort zu der richtigen Stunde."

In einem der tausend Büroräume machte der Captain Urban mit einem älteren Mädchen bekannt. Wieder einmal fand Urban bestätigt, daß das Aussehen einer Frau meist im entgegengesetzten Verhältnis zu ihrem beruflichen Ehrgeiz stand.

Die nicht gerade hübsche Angestellte faßte den Job offenbar als Ersatz für Ehe und Familie auf.

„Ich weiß Bescheid", sagte sie, „und ich bin der Sache sofort nachgegangen. Man hat im Gefühl, ob etwas wichtig ist oder nicht. Für den elften November vierundsiebzig fand ich einiges an Fotos und Filmaufzeichnungen im Archiv. Es lagen auch Zeitungsausschnitte vor. Wir unterhalten hier einen eigenen Ausschnittdienst."

„Warum“, fragte Urban besorgt, „sprechen Sie in der Vergangenheitsform, Madame?“

Demonstrativ öffnete sie ein Fach ihres Schreibtisches und zog die Schublade heraus.

„Hier lag es.“

Urban sah nichts außer einem Radiergummi.

„Wann?“ fragte er.

„Noch gestern.“

„Wer hat den Schlüssel?“

„Nur ich.“ Sie zeigte ihm den Schlüssel.

„Für NATO-Verhältnisse“, kommentierte Urban die Qualität von Schlüssel und Schloß, „ein sträflicher Leichtsinn.“

„Sparmaßnahmen. Es sind noch die alten Schreibtische aus Brüssel.“

„Wegen der neuen Teppiche beim Oberbefehlshaber“, vermutete Urban. „Das Fach kriegt man mit dem kleinen Fingernagel auf. Hatten Sie gestern Besucher, Madame?“

„Eigentlich nein“, sagte sie.

Es war nur ein halbes Nein.

„Hier schauen oft Leute von der Presse herein. Reporter, Journalisten, die bei uns akkreditiert sind.“

„Und gestern“, bohrte Urban, „wie war es gestern?“

„Waren auch einige da. Captain Papper, ein Mann vom flandrischen TV, ein Bekannter vom Archiv der Nijmwegen-Presseagentur.“

Urban hatte mitgezählt. Drei Personen. Er streckte drei Finger ab.

„Wer noch?“

„Ein junger Amerikaner, der sich für Material aus der Zeit der Kuba-Krise interessierte. Ich glaube, er will eine Hintergrundstory schreiben.“

„War einer dieser Leute kurz allein im Zimmer?"

„Kann sein."

Urban ließ sich die Namen und Adressen geben.

*

Im Laufe des Abends erwischte er sie alle bis auf einen. Seine Ermittlungen ergaben, daß der Amerikaner Mike Filler am frühen Morgen das Hotel verlassen hatte, um mit der Dabena nach London und von dort weiter nach Washington zu fliegen.

Urban ließ sich die Landezeiten geben und vom Fernamt den Anschluß des Reporters in der amerikanischen Hauptstadt.

Mister Filler habe beruflich in Argentinien zu tun, wurde ihm von der Haushälterin mitgeteilt.

„Ich weiß, daß er heimflog. Ich habe gestern noch mit ihm gesprochen. Es ist wichtig, Madam."

Urban vernahm ein gedämpftes Zischeln wie es zu hören ist, wenn jemand die Telefonmuschel nur unzureichend abdeckt. Dann wieder die Haushälterin:

„Vielleicht hat er in London die Reise unterbrochen."

„Kennen Sie sein Hotel dort?"

„Er hat eine kleine Wohnung in Piccadilly. Nur ein Apartmentbüro gemeinsam mit Mister Marybone."

„Die Adresse?"

„Bedaure, die weiß ich nicht."

„Die Telefonnummer?"

„Unbekannt, tut mir leid, Sir."

Auch als professioneller Gedankenleser wäre er wohl zu keinem Ergebnis gekommen.

Nun versuchte Urban einen Kollegen von der CIA zu erreichen. Leider erwischte er nicht den, den er für kompetent genug hielt. Trotzdem machte er ihm Feuer unter dem Hintern, lieferte ein paar brisante Stichworte, erwähnte den Giftgaseinsatz in El Salvador, die Bemühungen des MI-6, Licht in die Lieferquellen zu bekommen, und den Tod von vier Personen bis zur Stunde.

„Dieser Mike Filler könnte Akten besitzen, die uns weiterbringen", endete er.

„Doch wohl nur den BND", sagte der Amerikaner, woraus hervorging, daß er sich sperrte.

„Falls die Sache ein Bumerang wird, steht auch die CIA in der Flugbahn."

„Inhalt der Akte?"

„Pressematerial einer Tagung in Brüssel anno vierundsiebzig."

„Mann, das war ja vor hundert Jahren. Dazwischen lagen verdammt wichtigere Ereignisse."

„Was wichtig ist, weiß man erst hinterher."

„Ich veranlasse es", versprach der Amerikaner.

„Was?"

„Daß sich jemand darum kümmert."

„Recht herzlichen Dank", sagte Urban und hängte auf.

Mit der ersten Maschine flog er an die Themse.

*

Urbans Erfahrungen, was die Bereitschaft zur Zusammenarbeit mit anderen Diensten betraf, hatte sich wieder einmal bestätigt. Sie bastelten solange allein und heimlich, bis sie irgendein Ergebnis hatten. Das Ergebnis behielten sie dann für sich.

Führte ihre Bastelei aber zu nichts, dann baten sie

andere Organisationen um Unterstützung, und dies so heftig, daß man ihnen Hilfe erteilte.

Im Moment strickte noch jeder still vor sich hin. Weder von MI-6 noch von der CIA war etwas Brauchbares zu erwarten.

„Piccadilly", rief Urban dem Taxifahrer zu und eine Adresse, die er aus dem Telefonbuch hatte.

Der Austin Diesel nahm nagelnd Fahrt auf.

Nach etwa zwanzig Minuten, als sie von Heathrow kommend die City erreicht hatten, fragte der Fahrer noch einmal nach der Adresse.

Am Hyde Park Corner bog er Richtung Park Lane ab. Selbst am Morgen war London schon so swinging wie immer. Im Westminster Park trieb es ein Pärchen im taunassen Gras.

„Sie nennen es Blumenpflücken", sagte der Taxifahrer grinsend.

„Umweltfreundlicher Frühsport", bemerkte Urban.

„Aber ich frage Sie, Sir, was, zum Teufel, bringt einen Neger und eine Inderin dazu, in dieser Stunde das Bett zu verlassen und vor aller Augen ihre Potenz zu zeigen?"

„Sie haben scharfe Augen", bewunderte Urban den Mann. Er selbst hatte nur einen hübschen kleinen Hintern gesehen.

„Ich sage es Ihnen, Sir. Diese Rumtreiber haben gar kein eigenes Bett."

Inzwischen hatte er die South Audley Street durchfahren, war in eine Sackgasse gerollt und hatte angehalten.

„Vier Pfund zwei Shilling."

Urban stieg aus und schlenderte an dem schmalen Haus mit dem Vorgarten vorbei. Dann sah er einen

Milchmann kommen. Der Milchmann läutete und stellte Sahne auf die Treppe. Die Haustür ging auf, eine ältere Dame mit schwarzer Perücke holte die Sahneflasche herein. Urban ging hinter ihr ins Haus.

Zwei Treppen weiter oben stand er vor der Apartmenttür, einer von vieren in dieser Etage. Auf dem Messingschild stand J.J. Marybone. Darüber war eine Visitenkarte angepeckt. Mike Filler, Washington, las er.

Urban schaffte es mit dem Plastikdietrich in etwas unter einer Minute. Die winzige Wohnung, alles in allem kaum dreißig Quadratmeter groß, war rasch durchsucht.

Er fand nichts. Sein inneres Alarmsystem schlug nicht ein einziges Mal an.

Als er schon gehen wollte, sah er die Post liegen. Der Briefträger warf sie einfach durch den Schlitz in der Tür. Zeitungen, Reklame, mehrere Briefe waren am Boden verstreut. Die Briefe kamen meist von weit her. Nur einer war in London aufgegeben, und zwar am Vortag beim Postamt des Internationalen Flughafens. Er führte keinen Absender.

Sollte ihn Mike Filler an sich selbst geschickt haben, um etwas loszuwerden?

Urban schlitzte gerade den Umschlag auf, als er Schritte hörte und Stimmen. Rasch steckte er den Umschlag weg.

Die Tür war nur angelehnt. Sie schwang auf. Er sah den Helm eines Bobbys. Hinter dem Polizisten stand ein Mann in Zivil.

Der Zivilist hielt ein Funkfoto in der Hand.

„Sie sind nicht Mister Filler."

„Wohl kaum."

Der Polizist schaute sich das Schloß an. Obwohl es unbeschädigt war, wagte er eine kühne Kombination.

„Sperrhaken", tippte er.

„Falls Sie einen Reserveschlüssel besitzen", bemerkte der Zivilist, „ich meine, falls Sie vom Wohnungsinhaber berechtigt sind...", er machte eine kurze Pause, „... aber das trifft wohl nicht zu."

„Die Tür war offen, ich bin der Nachbar", log Urban.

„Würden Sie sich bitte ausweisen, Sir."

„Den Paß habe ich in meiner Wohnung."

„Dann holen Sie ihn bitte, Sir."

Urban ging nach oben, holte aber nicht den Paß, sondern den Lift, und fuhr nach unten. Als er im Parterre die Kabine verließ, stand der Zivilist wieder da.

„Betrachten Sie sich als festgenommen", schnarrte er.

*

Bob Urban bekam Handschellen angelegt und wurde mit einem Rover-Dienstwagen weggebracht.

In einem Office von New Scotland Yard führten sie den üblichen Zirkus mit ihm auf. Sie prüften seine Papiere.

„Paß ist gefälscht", entschieden sie ein wenig vorschnell.

Schön, der Paß war falsch, was seinen Namen betraf, aber von einer deutschen Behörde ausgestellt und in Bezug auf die Qualität so gut wie der des Bundespräsidenten.

„Lassen Sie ihn überprüfen", schlug Urban vor.

„Viel zu nagelneu, um nicht eine Nachahmung zu sein. Außerdem ist das Foto nicht mit Ihnen identisch. Sie haben andere Augen, einen Bart."

„Wir sind ein demokratischer Staat. Jeder kann sich Bärte stehen lassen, wo er will."

„Was", fuhr ihn der Superintendent an, „zum Teufel, suchten Sie in dieser Wohnung?"

„Was, zum Teufel", antwortete Urban, „geht Sie das an. Der derzeitige Mieter ist ein Freund von mir."

„Mike Filler?"

„Ich sollte ein paar Dinge für ihn erledigen, Rechnungen bezahlen. Er mußte unverhofft nach Südamerika."

Die Beamten wechselten Blicke. Ihre Mienen drückten Zweifel aus.

„Damit", sagte der Superintendent, „haben Sie leider den Schwarzen Peter gezogen. Mike Filler wird von uns gesucht. In seinem Umfeld wurden terroristische Aktivitäten festgestellt. Folglich sind Sie automatisch verdächtig. Wir überstellen Sie jetzt der Anti-Terror-Gruppe von MI-five."

Urban fragte sich, ob das ganze nur Theater war, oder ob sie es ernst meinten. Einen der Beamten kannte er sogar, wenn auch nicht sehr gut. Sollte seine Tarnung so perfekt sein, und ihre Informationen so miserabel, daß sie nicht wußten, wer er war?

Immer noch in Handschellen, wurde er mit dem Lift in die Tiefgarage befördert. Dort schoben sie ihn wieder in den Rover und ab ging's.

Sie fuhren nicht weit, nur ein paar Blocks bis zur Westminster Bridge Road. Das Hochhaus führte die Nummer 100.

„Das ist aber nicht die Zentrale der Spionageabwehr“, sagte Urban.

„Sondern?“

„Der Sitz des militärischen Auslandsgeheimdienstes, denke ich.“

„Woher wollen Sie das wissen, Sie Schlauberger?“

„Raten Sie mal.“

Sie lieferten ihn gegen Unterschrift und Stempel ab. Er kam in einen kahlen Raum, blieb aber nicht lange allein. Die Tür ging auf, ein Kollege, rothaarig und mit dem Händedruck eines Tennisprofis, kam und schüttelte ihm die Hand.

„Teufel, du hast dich schon wieder verändert“, rief Winston, „deine alte Amme würde dir die Milchdrüse verweigern.“

„Und wozu das Theater?“ fragte Urban.

„Was willst du hören, erstens, zweitens oder zuerst drittens?“

Der Kollege nahm ihm die Handschellen ab und warf sie in den Papierkorb.

„Das da war nur for show, für die Öffentlichkeit, für den Fall, daß die Wohnung beobachtet wird.“

„Von wem?“

„Von Leuten, die Mike Filler kontrollieren.“

„Machen das noch andere außer euch?“

Der Engländer ging nicht darauf ein.

„Zweitens ist Scotland Yard nicht eingeweiht.“

„Wer hat ihn dann verständigt?“

„Drittens“, fuhr Winston fort, „und das beantwortet deine letzte Frage, bekamen wir ein Telex aus Washington.“

Sie hatten drüben am Potomac also doch gespurt. Aber sie tauschten das Ergebnis nur mit London aus. Demnach handelte es sich bei den Hintergründen um Probleme, die allein London und Washington berührten.

„Fanden sie die Akte, die Filler im NATO-Hauptquartier abstaubte?"

„Die Akte und Filler", bestätigte sein MI-6-Kollege, „die Akte ist leider völlig unbrauchbar. Und was Filler betrifft, nun . . ."

„Der schweigt."

„Für immer. Filler ist tot. Sie fischten ihn vor wenigen Stunden aus dem Fluß. Keine äußeren Spuren von Gewaltanwendung. Vermutlich wurde er narkotisiert und dann in den Potomac geschmissen."

Nachdenklich steckte sich Urban eine von den schwarzen Tarnzigaretten an und sagte:

„Er ist die Nummer fünf. So machen sie es mit jedem."

„Wer?"

„Immerhin ein Beweis, daß er für sie tätig war."

„Für wen?"

Urban fixierte den Kollegen jetzt.

„Ich kenne sie nicht, ihr aber fürchtet sie. Vielmehr ihre Ziele."

„Und welche Ziele, glaubst du, sind das?"

Hier konnte Urban nur vermuten. Ein Gedankenspiel, das ihn wenig reizte, erst recht nicht einem Mann gegenüber, der alles viel besser wußte.

Um aber eine Reaktion des Kollegen hervorzurufen, gab er einen Tip ab.

„Das Giftgas in El Salvador, woher stammt es?"

„Nicht aus unseren Beständen."

„Nicht aus den derzeitigen Beständen", verbesserte Urban.

„Was willst du damit ausdrücken?"

„Daß ihr eure ABC-Depots natürlich perfekt unter Kontrolle habt. Ebenso wie unser Verbündeter auf der anderen Seite des Atlantik."

„Aber?"

„Wie man hört, soll auch Radioaktivität aufgetreten sein, was allerdings nicht in meine Theorie passen will."

Winston setzte sich auf den Tisch und ließ die Arme hängen.

„Könntest du bitte deine Theorie ein Stück fortentwickeln?"

Urban tat ihm den Gefallen.

„Aus dem Verhalten der Gegenseite, ich meine, wie sie sich abschottet, dünne Stellen unterfüttert, Löcher stopft, Spuren zu verwischen sucht, muß ich schließen, daß es erst richtig losgeht."

„Was gibt es Schlimmeres als Giftgas?"

Urban antwortete mit einem physikalischen Begriff.

„Nicht gasförmiges, sondern verdichtetes konzentriertes Gift, sei es in flüssigem oder festem Aggregatzustand."

Um Winstons Lippen zuckte es. Er wandte sich ab und wechselte das Thema.

„Fürchterliches Kraut rauchst du da."

„War sowieso die Letzte."

„Was hast du bei Filler gefunden?"

„So wenig wie ihr."

Winston nickte.

„Klar, wenn heute morgen um vier Uhr nichts zu finden war, dann auch um acht Uhr nicht."

Urbans Hand glitt in die Tasche. Der Brief steckte noch darin. Der Postbote hatte ihn also erst vor kurzem zugestellt.

Da er dem Kollegen eine Brücke bauen wollte,

hatte er, als er die Hand aus der Tasche nahm, den Brief darin. Wortlos öffnete er ihn, entnahm den Inhalt und reichte Winston den Umschlag. Der entzifferte den Air-Port-Stempel.

„Von Filler an Filler?" fragte er.

„Gestern eingeworfen, als er in die TWA nach Washington umstieg."

Urban hatte das Stück Karton aus dem Kuvert umgedreht. Hinten war der Karton weiß, vorne schwarzweiß. Eine Fotografie. Ein Blick von einer Zehntelsekundendauer bestätigte Urban, daß er sich auf der richtigen Spur befand. - Darum also war es gegangen.

Das Foto zeigte eine Frau. Sie bestieg gerade ein Automobil, ein Mustang-Cabrio von heller Farbe. Sie war eine äußerst reizvolle Person von den Absätzen bis zur Spange, die ihr schwarzes Haar im Nacken bändigte.

Winston blickte ihm über die Schulter.

„Verteufelt hübsches Weib. Wer ist das?"

„Schwarzweißfoto", sagte Urban, „schon lange her. Mindestens acht Jahre."

„Der Hintergrund, ist das nicht Brüssel, das alte NATO-Hauptquartier?"

„Sie war Chefdolmetscherin für Spanisch und Sekretärin eines mittelamerikanischen Delegierten. Nebenbei machte sie undurchsichtige Geschäfte."

„Name?"

„Damals nannte sie sich Ramona."

„Du kanntest sie?"

„Ein wenig."

Der Engländer wurde nervös. Als er das Foto nahm, vibrierte es zwischen den Fingern.

„Könnte man über Ramona den Fall knacken?"

„Keine Ahnung."

„Das Foto kommt von Filler. Vermutlich lag es in der Pressemappe. Er sollte die Unterlagen besorgen, um Nachforschungen zu stoppen. Aber er nahm das Foto heraus, vielleicht, um ein Extra-Honorar dafür zu kassieren. Und du kennst diese Frau. Der Kreis schließt sich."

„Die Welt ist weit", erwiderte Urban, „es gibt über eine Milliarde Frauen."

„Wir finden sie", versprach der Engländer.

„Dann viel Erfolg."

„Wir finden sie binnen achtundvierzig Stunden."

„Und dann", fragte Urban, „und was wird dann?"

8.

Die Dörfer waren zerbombt, die Felder verbrannt. Die Menschen hatte man in die erbarmungslose Wüste hineingetrieben.

In der Weite zwischen Yao und dem Gebirge, dort wo Afrika am elendsten ist, hielten sich die geschlagenen Rebellen, gejagt von des Libyers Legionären, versteckt.

Sie hatten nichts mehr zu nagen und zu beißen. Ihren Durst stillten sie aus dem Sickerwasser graubrauner Tümpel. Ihre Rohre konnten wegen Munitionsmangel nicht einen Schuß mehr abgeben. Und ihre Fahrzeuge standen still. Kein Benzin. Es gab weder Medikamente noch Batterien für den Sender. Ihr Mut konnte nicht tiefer sinken.

Trotzdem schickte der Oberst aus Rhodesien, der sie anführte, Spähtrupps aus. Nach Tagen kamen sie, am Ende ihrer Kräfte, zurück.

„Wir haben sie gesehen", meldeten sie, „sie ziehen Panzer zusammen, Spähwagen und Fahrzeuge mit dicken Zigarren auf dem Rücken."

„Das sind Raketen", erklärte der Oberst. „Aber die wirken in der Wüste so wenig wie eine Kerze in der Polarnacht. Legt euch hin, ruht euch aus."

Sie krochen in die zerfetzten Zelte. Im Lager breitete sich die Angst aus vor dem letzten Kampf, der bald begann.

„Sie werden uns hängen und foltern", raunten die Jtlis einander zu. „Sie werden uns in Streifen schneiden und in die Schluchten werfen. Zum Fraß für die Geier."

„Sie werden uns an Bäume fesseln und uns als Zielscheiben für ihre Speere benutzen."

„Was wollt ihr tun. Euch ergeben?" fragte der Rhodesier.

„Es ist immer dasselbe. Sie töten uns, ob wir kämpfen oder ob wir uns ergeben. Aber verhungern ist ein noch schlimmeres Ende."

Sie beteten.

„Allah verläßt uns nicht."

Aber sie dachten auch an die Massaker zurück, deren Opfer die Gassen der Dörfer und Oasen gefüllt hatten. Da waren sie froh, daß sie noch lebten.

„Das Fleisch der Datteln wird rot sein in diesem Jahr", sagte einer, „denn die Palmen wurden mit Blut gedüngt."

„Gegen Diktatoren kannst du nicht kämpfen. Sie sind von Allah eingesetzt. Wer sie beseitigt, der kämpft gegen ihn."

„Er spricht wie Mohammed", spottete einer.

„Sprach Mohammed etwa nicht die Wahrheit?"

„Mohammed sprach immer wunderschön“, sagte einer, „er hatte eine fabelhafte Stimme, behauptet man. Aber mein Transistor ist mir lieber. Mit Mohammed kannst du nur noch verrecken.“

*

Der Oberst aus dem Süden, dem sie sich anvertraut hatten, schritt am Morgen durch das Lager. In der Rechten hatte er einen britischen Offiziersstock, allerdings einen aus Elfenbein. Er litt Hunger und Durst wie seine Männer, aber er achtete auf sein Äußeres. Immer versuchte er, Gentleman zu bleiben und ein Vorbild abzugeben.

„Gegen die lizenzierte Killergruppe des Libyers kommen wir nicht an“, erklärte er bei der Lagebesprechung. „Da es also frontal nicht geht, packen wir sie von der Seite.“

Er hatte keine Ahnung, was er unternehmen würde, aber diesen Tschads mußte mit großen Worten und Gesten Mut gemacht werden, so wie sie es seit fünfhundert Jahren gewohnt waren.

„Wir werden in der Nacht kommen“, fuhr er fort, „heimlich und lautlos. So wie sie gekommen sind, ohne uns den Krieg zu erklären.“

Er hockte sich in den Sand, breitete die zerfledderte Karte aus und wußte immer noch nicht, wie er es machen wollte. Doch als er wieder zu sprechen begann, formten sich mit den Worten auch der Gedanke und der Plan.

„Sie fahren russische T-72-Panzer, das Beste was sie für ihre verdammten US-Dollars außer dem Leopard kriegen konnten. Ich und der Major haben so eine stählerne Festung schon bewegt. Wir können damit umgehen. Zwei Stück davon, wenn wir die in die Hand kriegen, oder auch nur einen, das genügt. Wenn wir dann den Turm mit der Kanone auf das Oasenfort drehen und drauflosballern in finsterer Nacht, dann, meine Brüder, ist bei diesen feigen Hyänen der Teufel los. Die machen doch in jede Hose, bevor sie sie anziehen."

„Wie stehen unsere Chancen?"

„Dreißig zu siebzig würde ich schätzen."

„Dafür daß wir siegen?"

„Nein, dafür, daß sie den Kopf behalten und das Richtige tun, denn es sind Eliteeinheiten. Aber sie stehen schon seit Monaten in der Wüste und nützen jede Möglichkeit, heil aus diesem verdammten Krieg herauszukommen. So ein Überfall wird sie veranlassen, sich ein Stück zurückzuziehen. Und dann . . ."

„Und dann was?" fragte einer vom sogenannten Offizierscorps, ein baumlanger, aber abgemagerter Kongolese.

„Dann machen wir uns über ihre Vorräte her. Ein, zwei Stunden, und wir haben, was wir brauchen. Benzin, Munition, Konserven, Medikamente. Und schon sind wir wieder verschwunden."

Der Kongolese schüttelte den Kopf.

„In meinem Stamm gab es einen, der konnte in der Minute hundert Granaten zaubern und aus einem Krieger im Nu hundert Krieger machen. Als die Belgier angriffen, flüchtete er in den Busch und keiner hat ihn jemals wiedergesehen."

„Er war ein Betrüger", sagte der Oberst aus Rhodesien, „aber Fort Qum existiert. Wenn ihr überleben wollt, dann nehmt euch dort das Nötige."

Sie warteten ein paar Tage bis der Mond schmal

wurde. Dann gaben sie die letzten Bestände an eiserner Ration aus und marschierten nach Norden.

Sie bewegten sich bei Nacht und tarnten sich bei Tag. Die Kälte der Nächte und die Hitze der Tage gaben ihnen den Rest. Mehr als fünfzehn Meilen schaffte es nicht, von Sonnenuntergang bis Sonnenaufgang, dieses allerletzte Aufgebot. Hannibals nach der Niederlage bei Cannae fliehende Horden waren straff organisierte Einheiten gegen sie.

*

Immer wieder richtete der Oberst sie auf. Er erzählte ihnen, daß schon das Schicksal ganzer Armeen davon abgehangen hatte, ob sie noch in der Lage waren, die Depots des Gegners zu erobern.

Noch drei Nachtmärsche von der Oase entfernt und restlos kaputt, hatten sie ein wenig Glück. Die Späher meldeten ein defektes libysches Halbkettenfahrzeug, das mit Motorschaden in einem Wadi parkte. Vier ausgeruhte Tschads schlichen sich an und machten die Libyer nieder, ehe sie einen Funkspruch absetzen konnten.

Einer der Männer, ein Neger vom Stamme der Sharis, der dem Colonel bis jetzt nur wegen seiner pechschwarzen Hautfarbe aufgefallen war, behauptete, einige Zeit Fahrer von Hussein Habre, dem Verteidigungsminister in Ndjamena, gewesen zu sein. Außerdem habe er bei einer GM-Niederlassung als Mechaniker gearbeitet und dies sei zweifellos ein GM-Motor.

Binnen weniger Minuten hatte er den Sechszylinder zum Laufen gebracht. An einer Bruchstelle des

Hochspannungskabels zwischen Zündspule und Verteiler lag es.

Der Shari wurde zum Fahrer des Kommandos ernannt. Die zwanzig besten Männer fanden zusammengepfercht zwischen den Stahlwänden des Spähwagens Platz. Sie fuhren der Spur folgend nach Norden und warteten dann die Nacht ab.

Nachdem die Dunkelheit so abrupt, als hätte man einen Vorhang zugezogen, hereingefallen war, näherten sie sich den Vorposten von Fort Qum.

Zwischen zwei T-72 hatten Soldaten Feuer gemacht. Sie löffelten Corned-beef aus Dosen, kauten gutes Brot dazu und tranken heißen Tee. Wenig später rollten sie sich in ihre Schlafsäcke.

Das Feuer brannte herunter. Ein Funkgerät ging. Einer antwortete und schaltete dann ab.

„Sie haben nicht mal Wachen aufgestellt", wunderte sich der Führer der Rebellen.

„Stärke macht Mut."

„Und Mut verführt zu Leichtsinn."

Die Männer des Colonels zogen ihre Messer, wetzten die Klingen an Steinen scharf und nahmen die Messer zwischen die Zähne, denn zum Heranpirschen brauchten sie beide Hände.

Dicht an der Erde, wie Sandvipern, schlängelten sie sich an die Panzer heran. Mit Handzeichen teilte der Colonel jedem einen Gegner zu. Der Rest war Metzgerarbeit.

Nur einer der Libyer brachte einen Schrei hervor, ehe ihm das Messer die Kehle zerschnitt. Aber so wie er schrien auch die Hyänen, wenn sie um Beute stritten.

Die vorgesehene Gruppe bestieg die Panzer. Sie starteten die frostkalten Motoren und fuhren auf das Wüstenfort, dessen Lichter am Horizont glitzerten, zu.

Tausend Meter vor den Mauern jagte der Colonel eine Leuchtpatrone hoch. Drei rote Sterne gaben das Signal. Dann schossen die Panzer, was die Rohre hergaben.

Alles, was sich bei den Biwakfeuern um das Fort bewegte, mähte das Maschinengewehr aus dem Halbkettenfahrzeug nieder. Sie schossen, bis die Läufe glühten und die Magazine leer waren. Das Chaos ließ sich schwer beschreiben.

Am Fort Qum öffneten sich die Tore. Was Räder hatte floh nach Norden und verkeilte sich auf der Straße mit den abrückenden Kolonnen.

„Allah hat sie geschlagen“, jubelte einer der Tschads.

„Es war die Nacht, die Überraschung und die Überheblichkeit des Siegers, die rasch in Panik umschlagen kann“, erklärte der Colonel.

Als er sicher war, daß niemand von den Eroberern mehr in der Oase war, gab er das Zeichen.

„Nehmt euch, Brüder“, rief er, „was euch gehört. Führt die Kamele zur Wasserstelle, ehe sie zurückkommen.“

*

Der Sieg war herrlich aber kurz.

Da sie alle Moslems waren und Schweinefleisch nur in Notfällen zu sich nahmen, stillten sie ihren Hunger mit Konserven, deren Inhalt aus Gemüse und Huhn bestand. Sogar Palmenherzen entdeckten sie darin und Bambusschößlinge. Auf den Weißblechdosen entschlüsselten sie die vertrauenerwekkende Prägung: US-Army und Codeziffern.

„Das könnt ihr pfundweise zu euch nehmen", sagte der Colonel. „Aber daß sich keiner überfrißt!"

Gegen Mittag bekam der erste Tschad Guerillero Magenkrämpfe. Der Sanitäter führte es darauf zurück, daß er zuviel und zu hastig gegessen hatte. Doch wenig später erbrachen sich auch andere Männer. Es erwischte sie alle, sogar den Colonel.

Unfähig, etwas zu tun, mit bleischweren Gliedern, abwechselnd heimgesucht von Schüttelfrost und Schweißausbrüchen, lagen sie in dem Oasenfort und dämmerten vor sich hin. Bei den Betroffenen, und es waren alle bis auf zwei Mann, die nichts von den Konserven zu sich genommen hatten, kletterte die Temperatur in den Fieberbereich.

Abgesehen davon, daß sie gar nicht in der Lage waren, sich zu versorgen, verweigerten sie auch die Flüssigkeitsaufnahme. Infolge der großen Hitze stieg die Körpertemperatur noch weiter an. Der Mensch brauchte hier in Zentralafrika pro Tag vier bis sechs Liter Wasser.

Große Schmerzen fühlten die Männer des Colonels kaum. Irgend etwas in den vergifteten Konserven versetzte sie bald in einen Dämmerzustand, dem ein langer Schlaf folgte, aus dem sie nicht mehr erwachten.

Drei Tage später eroberten libyische Fallschirmjäger das Wüstenfort an der Oase Qum zurück.

Sie hatten es leicht. Sie stießen auf keinerlei Widerstand. Die Eroberer verteidigten die Mauern nicht. Sie waren fast alle tot.

Eine Seuche befürchtend, zogen sich die Libyer rasch aus dem Gebiet zurück.

Ganz gegen ihre Gewohnheit, sich nur mit Königshäusern und deren Liebesaffären zu befassen, streute die Weltpresse bald dramatische Gerüchte über das Sterben der tapferen Tschad-Befreier in der Wüste aus.

Mangels konkreter Fakten überboten sich die Artikelschreiber in der Darstellung fürchterlicher Grausamkeiten. Die einen sprachen von Massakern, die anderen von einer geheimnisvollen Viruskrankheit, wieder andere von Giftgaseinsatz der libyschen Truppen.

Dabei wußten die wenigsten von ihnen überhaupt, wo die Oase Qum lag, um was es bei den Zielen der Befreiungsorganisation ging, wer gegen wen kämpfte und warum sich Libyen eingemischt hatte. Das allgemeine Halbwissen wurde zu einem Teig verarbeitet, der einen Kuchen ergab, der von den sensationslüsternen Lesern gierig verschlungen und rasch wieder ausgeschieden wurde.

Immerhin gaben die Libyer die Erklärung ab, daß sie keine Truppen im Tschad unterhielten. Aber man vertraute ihnen so wenig wie immer, weshalb sie sich auch gar nicht ernsthaft um Glaubwürdigkeit bemühten.

Einer großen Zeitung, der in Deutschland erscheinenden Frankfurter Allgemeinen, wurde das Gerüchtefeuerwerk allmählich zu bunt. Um einen seriösen Bericht liefern zu können, schickten sie ihren besten Reporter los.

Obwohl mit Charterflugzeug und allem Komfort ausgerüstet, kehrte dieser ziemlich derangiert nach Frankfurt zurück.

„Wir haben auf Ihr Telex gewartet“, erklärte man ihm in der Redaktion. „Es war doch vereinbart, daß wir in der Freitagausgabe eine Vorankündigung des Artikels ‚Lüge und Wahrheit im Tschad' bringen. Was ist damit?"

„Es gab nichts zu telexen", antwortete der Reporter, alles für die Katz."

„Zwanzigtausend Dollar Spesen."

Der Reporter, er war wirklich einer der Spitzenleute, legte ihnen, weil seine Filme noch im Labor waren, Polaroidfotos vor.

„Die Filme enthalten auch nicht mehr", bedauerte er.

„Hübsche Oase", sagten sie. „Palmen, Brunnen, ockerfarbene Festungsmauern, fast romantisch."

„Nur ein bißchen heiß."

„Und die Toten?"

„Wir fanden nicht einen einzigen."

„Die Häuser sind leer. Wo steckt die Bevölkerung?"

„Längst geflüchtet. Schon im Frühjahr."

„Und Spuren von Kämpfen, kaputte Tanks, Wracks von Lastwagen, abgestürzte Hubschrauber, wo sind die?"

„Ich fand nichts davon."

„Wo sind die Libyer?"

„Was für Libyer, bitte?"

Sie mußten seinen Angaben Glauben schenken, ob sie wollten oder nicht. Die Fotos dokumentierten es. Keine Toten, keine Vergiftungen, kein Gaskrieg, nichts davon.

Als sie ihn fragten, ob er eine Erklärung dafür habe, lieferte der Reporter eine und dazu ein letztes Foto.

„Die Spuren im Sand, die Sie da sehen", berichtete er, „stammen nicht etwa von überschweren Lkw's.

Lastwagen mit solchen Reifen und so einem Achsstand gibt es gar nicht. Außerdem hören Reifenspuren bei Landfahrzeugen nicht plötzlich irgendwo auf."

„Flugzeugfahrwerke etwa?"

„Von zwei riesigen Transportmaschinen. Vermutlich Hercules C-130."

„Die alles beseitigten, wie ein Putzkommando."

„Die Toten und was zu ihrem Tod führte. Sie nahmen wohl auch eine Entseuchung vor."

„Dann hatten sie Gründe, dies zu tun."

„Natürlich, weil das Desaster auf sie zurückgeht oder auf irgendwelche Versäumnisse ihrerseits."

Einer der Leute in der Redaktion brühte Mokka auf und fragte dann:

„Welches Kennzeichen trugen diese Flugzeuge?"

„Als wir ankamen, waren sie längst schon weg. Augenzeugen fanden wir in dieser Todeszone nicht."

„Wer benutzt Herkulestransporter?"

„Sie werden in alle Welt verkauft."

„Haben Sie einen Verdacht?"

Der Mann, der aus der Wüste kam, nickte, griff dann in seine Reisetasche und entnahm ihr eine runde Blechdose aus silbrigem, leicht schwarzfleckigem Material. Sie war geöffnet und leer. Voll mochte sie etwa ein Pfund wiegen.

„Souvenir aus der Sahara", sagte er. „Fand ich verbuddelt im Sand."

„Muß schon ziemlich alt sein", meinte einer der Kollegen. „Heute druckt man da bunte Bildchen drauf."

„Aber das Blech ist von bester Qualität. Eine Dauerkonserve haltbar bis zum Jahr zweitausend."

„Hersteller?"

„Lest die Prägung ab."
„Inhalt?"
Der Mann, der gerade aus Afrika zurückgekehrt war, steckte sich eine Zigarette an und machte die Beine lang.
„Ich würde euch nicht raten", sagte er, „jemals davon gekostet zu haben."

9.

Auf seinem Flug von London nach Washington wurde der BND-Agent Robert Urban zweimal im Schlaf gestört.
Halbwegs über dem Atlantik hatte ihn ein Funktelegramm aus der Westminster-Bridge Road eingeholt. Es lautete:
- vermutung dass die gesuchte noch den namen ramona xernandez fuehrt verdichtet sich - aufenthalt mexiko 1977 gesichert - kurs beibehalten -
Urban legte das Papier zusammen, steckte es ein und behielt den Kurs bei. Er hatte gar keine andere Möglichkeit. Auf dreitausend Fuß Höhe gab es noch keine Umsteigebahnhöfe.
Er nahm einen Schluck Bourbon, schloß wieder die Augen und hatte knapp die Hälfte des völlig unsinnigen Kriminalfilms schlummernd überstanden, als ihn die Stewardeß abermals weckte.
„Der Captain bittet Sie ins Cockpit. Anruf für Sie, Sir."
Es war reiner Zufall, daß er mit der PanAm flog, über deren Jumbos man per Satellit telefonieren konnte.
Urban, dem die Cockpitatmosphäre eines Linien-

jets aus x-tausend eigenhändig geflogenen Meilen so gut bekannt war, daß er eine kohlebefeuerte alte Dampflokomotive interessanter fand, quetschte sich auf einen schmalen Sitz und nahm den Hörer ans Ohr.

Stark rauschend meldete sich ein Mann mit ausgeprägtem American-englisch.

Die CIA Washington war am Draht.

„Ohne dich läuft offenbar nichts mehr."

„Auch wenn es euch nicht paßt", erwiderte Urban.

„Was soll das Gejapse nach diesem Weib?"

„Diese Frage hätte euch Mike Filler beantwortet, wenn ihr gestern schneller gewesen wärt."

„Wir haben seine Wohnung auf den Kopf gestellt. Kein Hinweis."

„Dann habt ihr zu schütteln vergessen", spottete Urban, „warum stört man mich hier beim Lunch, wenn ich fragen darf."

„Wir sind ja nicht total blind", äußerte der CIA-Kollege, der es bis jetzt vorgezogen hatte, lieber mit dem MI-6 zusammenzuarbeiten als mit dem BND.

„Nur auf dem guten Auge", sagte Urban.

„Wir sitzen jetzt auf einem Punkt fest, wo wir jeden noch so unwesentlichen Beitrag akzeptieren müssen."

„Sogar von Amateuren."

„Sogar von dir, mein Junge. Also, deine Ramona Xernandez gab in Mexiko dasselbe kurze Gastspiel wie anderswo. Sie dürfte mittlerweile in Mittelamerika gelandet sein."

„In El Salvador?" fragte Urban. „Lieferte sie etwa das Giftgaszeug an die Regierungstruppen?"

„Diesen Nachschubweg haben wir fest in der Hand."

„Aber das Giftgas beunruhigt euch."

„Die Quelle", wich der Kollege aus. „Ich warte am Flugplatz. Wir buchen die schnellste Verbindung für dich nach Süden. Notfalls stellen wir einen CIA-Jet. Bist du bereit, auch unsere Interessen wahrzunehmen?"

„Dein Kummer ist mein Kummer", antwortete Urban.

Er wurde nicht mehr gestört bis es hieß, Gurte anlegen.

Am Dulles Airport in Washington bewegte er sich sehr vorsichtig. Schon einmal hatte man ihn aus dem Verkehr zu ziehen versucht. Zwar hatte man es als Vorsichtsmaßnahme hingestellt, aber womöglich hatten sie sich in Washington nur eine bessere Ausrede einfallen lassen, um ihn wirksam loszuwerden. Deshalb ging er gar nicht erst durch den Zoll. Er blieb im Transit und flog eine Stunde später weiter nach Panama, was für den karibischen Raum immer eine gute Operationsbasis war.

*

In Mexiko City, wo die Boeing zwischenlandete, kam ein Mann an Bord, der an einen ehemals wohlgefüllten weißen Luftballon erinnerte, aus dem man die Hälfte des Drucks abgelassen hatte. Sein feiner aber viel zu weiter Seidenanzug schlotterte um eine Kasperlefigur. Der Hals ragte aus der Krawatte so faltig wie bei einer Schildkröte.

Urban wechselte mit José Allfranco, dem BND-Statthalter in Mexiko, ein paar Worte.

Allfranco, der aus Tarnungsgründen eine gutgehende Lokalkette und eine Fruchtsaftfabrik führte, übergab Urban einen zusammengefalteten Zettel.

„Es scheint sich um eine Dosenprägung zu handeln“, sagte er. Worauf Urban sofort Bescheid wußte.

„El-Slavador-Ware.“

„Afrika-Ware.“

„Ihr seid aber ausnahmsweise mal fix.“

„Ich bin vom Fach“, äußerte der Fruchtsaftabfüller, „dieser Code, soweit er in amerikanischen Ländern benutzt wird, besteht aus mehreren Gruppen. Inhalt, Herkunftsland, Hersteller, Herstellungsdatum und Vertriebslinie.“

„Gracias, José. Und was habt ihr über Ramona herausgefunden?“

„In München sind sie noch bei der Arbeit.“

„In Washington auch“, erklärte Urban.

Dann mußte der Mexikaner von Bord, denn die Maschine war betankt, und es ging weiter.

Nach dem Start las Urban die Buchstaben-Zahlen-Kombination. Sie stammte angeblich vom Deckel einer geöffneten leeren Konservendose, die ein deutscher Reporter mitten im Tschad gefunden hatte. Möglicherweise, bestätigt war es noch nicht, hatte die Dose vergiftete Nahrung enthalten. Schon in London hatte man Urban davon in Kenntnis gesetzt, daß Nahrungsmittelchemiker versuchten, mikroskopische Reste in der Dose zu analysieren. Wahrscheinlich hatte sie Hühnerfrikassee mit Gemüse in einer Mischung und Würzung, wie sie in Ostasien bevorzugt wurde, enthalten. Aber was hatte diese Dose in Zentralafrika zu suchen?

Urban las mehrmals den Code.

CV-US Army/43-PD 009.

Seine freie Übersetzung lautete:

Chicken Vegetables - United States Army 1943, Pacific-Depot 009. Auf Deutsch ergab das: Hühnerklein mit Gemüseeinlage, Armee der Vereinigten Staaten. Geliefert an das pazifische Zentrallager Nummer neun. Herstellungsjahr neunzehnhundertdreiundvierzig.

Damals hatten die Amerikaner in Ostasien die größte Schlappe ihrer Geschichte erlebt. Doch dann war Mac Arthur wiedergekommen, und er hatte mit seinen berühmten Inselsprüngen die Japse zu Haufen getrieben.

Die Konserven stammten also aus dieser Zeit. Daß sie schlecht geworden seien, glaubte Urban nicht. Im Krieg wurden meist nur Dauerkonserven hergestellt. Wenn sie verdorben waren, verbreiteten sie beim Öffnen der Dose eine Wolke so üblen Gestankes, daß keiner auf die Idee kam, den Löffel hineinzustecken. Eine Vergiftung auf Grund von Überlagerung hielt Urban für ausschließbar.

Was also nützte ihm die Dosenprägung? - Wenig bis gar nichts. Und Ramona hatten sie auch nicht gefunden.

Immer mehr kam er zu der Überzeugung, daß er sich da eine böse Sache angetan hatte.

*

In der schwülen Hitze des Panama-Airports stand einer im falschen Anzug und mit noch falscherem Gesichtsausdruck. Und sein Grinsen machte das Maß voll.

„Alles verziehen und vergessen“, rief der CIA-Kollege, den Urban in Washington versetzt hatte.

„Auf neutralem Boden bist du mir lieber“, redete sich Urban hinaus.

„Die Direktmaschine überholte euch in Mexiko.“

„Schön, daß du da bist. Freue mich herzlich. Und jetzt okay, zieh ab!“

„Ich habe was für dich, Dynamit.“

„Ja, einen Hintergedanken.“

„Dies bei Gott nicht.“

„Jetzt vielleicht“, schränkte Urban ein.

„Wir würden natürlich gerne mit unseren eigenen Karten auch unser eigenes Spiel machen.“

„Wer so in der Bredouille steckt wie ihr, der deckt die Karten auf.“

„Erzähl mir was über unsere Bredouille“, forderte der Amerikaner.

„Was ist mit den amerikanischen Konserven passiert, mit dem Huhn in Strichnin, bestellt für die Philippinen und die Midway-Inseln. Eigentlich traf das mehr den Geschmack von Kanaken als den von amerikanischen Landsern, oder?“

Der CIA-Kollege ging nicht darauf ein. Er machte einen Mordsbogen um das Thema. Mit einer besonderen Lockspeise schaffte er es auch, Urban, den Schnüffler, von der heißen Fährte abzubringen.

„Ramona Xernandez“, erwähnte er, „Import-Export, Reederei, Spedition, San José-Costa Rica.“

„Genaue Adresse?“

„Hazienda Xernandez bella vista.“

„Nummer vierzehn“, ergänzte Urban, „obwohl er keine Ahnung hatte, nur um dem Angeber den Wind aus den Segeln zu nehmen. „Danke, das weiß ich längst.“

„Warum bin ich dann hier?“ tat der Amerikaner erstaunt.

„Deine Sache.“

Urban setzte das eisigste Pokergesicht auf, dessen er fähig war. Er ließ den Amerikaner einfach stehen, ging zum Schalter der Karibian-Airlines und buchte einen Flug nach Costa Rica.

Als er sich umdrehte, stand der Amerikaner hinter ihm.

„Ist noch was?“ fragte Urban.

„Costa Rica hat ein heißes Pflaster. Du wirst die Hilfe unserer Experten nötig haben.“

„Von Experten wie dir. Schieß in den Wind, Mann!“

„Zieh lieber 'ne Rückfahrkarte. Was geht dich das Ganze an, Junge.“

„Nichts“, erwiderte Urban. „Aber ich kenne Ramona. Ich sehne mich nach ihren schokoladenbraunen Schenkeln.“

Allmählich fragte er sich, warum sich die CIA so idiotisch verhielt und ihm diesen Kretin nachgeschickt hatte. Es gab nur eine Erklärung, man wollte nichts tun, um nichts Falsches zu tun. Man wollte mehr unterdrücken als aufklären. Aber aufklären konnte man nicht, weil man nicht wußte, was lief. Also hängte man sich an einen der Aufklärer, um stets soweit auf dem laufenden zu sein, daß man Gegenmaßnahmen ergreifen konnte.

„Mann“, stichelte Urban, „wieviel Dreck müßt ihr am Stecken haben. Dresden war nichts dagegen, schätze ich.“

Es erforderte harte Bandagen, aber schließlich brachte er es fertig, daß diese überhebliche Baseballspieler-Visage in der Menge verschwand.

Dann wurde sein Flug nach Costa Rica aufgerufen.

Die betagte Constellation propellerte ihn wieder nordwärts. Nach einem Zweistundenflug landete sie bei Dunkelheit.

Als die Viermotorige längst ausgerollt war, bebte sie noch als würde sie sich durch schwere Turbulenzen arbeiten. Urban glaubte den Grund zu hören.

Kaum hatte die Stewardeß das Kabinenschott geöffnet, wurde das Heulen des Sturmes überlaut. Draußen tobte ein tropisches Unwetter.

Der Zubringerbus fuhr nahe an die Gangway heran. Trotzdem kamen sie reichlich durchnäßt in der Ankunftshalle an.

Müde Zollbeamte entledigten sich lustlos ihrer Pflicht. Bis Urban durch war, stand kein Taxi mehr draußen.

Hinter einem Pfeiler des Vordachs geschützt, rauchte er eine Zigarette.

Vorsichtig tastete sich ein einäugiger Wagen - nur die linke Lampe versah ihren Dienst - um den Parkplatz. Er lief auch nicht auf allen Zylindern. Offenbar hatte der Chauffeur Startprobleme gehabt.

Urban winkte. Die Bremsen quietschten. Er schob sich hinter dem Fahrer in den klapprigen Chevrolet.

„Americano?" fragte der Alte, eine Mischung aus Onkel Tom und Fuzzy.

„Inglés", antwortete Urban auf Spanisch. Er wollte den Deutschen nicht herauskehren. Taxifahrer redeten viel. Was sie wußten, machte die Runde im Städtchen.

„Ins Hotel, Senor?"

„Bella Vista!" Mit einem Blick nach hinten überzeugte sich Urban, daß ihnen niemand folgte. Der starke Regen war günstig. Allerdings wehte es bald nur noch, und der Regen ließ deutlich nach.

„Bella Vista liegt in den Bergen." Der Fahrer bog auf eine Umgehungsstraße ab, die ihn davor bewahrte, sein Vehikel durch den Abendverkehr der Hauptstadt schinden zu müssen.

Der Fahrer sprach vom Wetter und von den Flüchtlingen aus Guatemala.

„Sogar von Salvador kommen sie bis zu uns rüber."

„Costa Rica ist eben das Paradies."

„Wir haben selbst nichts mehr zu nagen und beißen. Die Reichen schon, aber das Volk leidet Hunger. Wohin in Bella Vista, Senor?"

„Hazienda Xernandez."

Der Alte pfiff durch eine Zahnlücke.

„Gehört auch keinem ganz Armen", meinte er. „Er ist nicht nur reich, sondern auch ein bißchen verrückt."

Offenbar hatte sich noch nicht herumgesprochen, daß die Besitzerin der Hazienda eine Frau war. Aber in Lateinamerika nahm man so etwas ungern zur Kenntnis. Ein Landgut, eine Fabrik, ein Lastwagen hatten einem Mann zu gehören und basta.

„Warum verrückt?" fragte Urban.

„Dieser Xernandez soll sich ein drehbares Haus gebaut haben. Es dreht sich wie ein Karussell, aber ganz langsam. Stellen Sie sich das vor, Señor, das ganze Haus dreht sich immer nach der Sonne."

„Wohl eher nach dem Schatten", bemerkte Urban und glaubte sich zu erinnern, daß Ramona nie sehr stolz auf ihre Hautfarbe gewesen war. Sie nannte es Hawaiibräune, obwohl sie schon so braun zur Welt gekommen war.

„Was macht der bei Stromsperre?" fragte der Fahrer.

„Dann geht er rasch auf den anderen Balkon.“

Der Fahrer lachte sich eins.

„Oder er läßt seine Campaneros anschieben. Wie bei den Schiffsschaukeln am Jahrmarkt.“

Sie kamen höher. Die Stadt breitete sich unter ihnen aus wie ein Teppich voll bunter Kerzen. Die Straße beschrieb Kurven. Dschungelartiger Wald engte sie ein, als fahre man durch einen grünen Tunnel. Dann wurde der Blick vom Himmel bis hinab auf die Stadt wieder frei.

„Gleich sind wir da“, rief der Fahrer.

„Machen Sie das Licht aus“, bat Urban, „und halten Sie ein Stück vor dem Tor.“

„Soll eine Überraschung sein, wie?“

„Darauf schwöre ich.“

Urban zahlte mehr als genug.

„Dafür warte ich gerne eine Stunde“, versprach der Fahrer.

„Kann eine Weile dauern.“

„Ich habe Zeit“, sagte der Alte. „Sollte ich eingepennt sein, genügen zwei Handschläge auf das Dach.“

Urban ließ seine Reisetasche im Taxi zurück. An der Hazienda nahm er nicht das Tor, sondern schlenderte ein Stück an der Mauer entlang, ehe er sie überkletterte.

*

Im Park ging ein Posten mit Hunden. Aber der Wind kam genau von daher, wo sie sich bewegten. So würden sie weder Geräusche noch Witterung aufnehmen.

Weich kam Urban im feuchten Erdreich auf.

Langsam, jede Deckung nützend, bewegte er sich hügelan zu dem gestreckten Rechteck, das auf der Kuppe ruhte.

Daß die Villa drehbar sein sollte, ließ sich nicht erkennen, aber sie war von einem aus Steinen gebauten Fundament umgeben. Auf der Terrasse, die Urban wenig später betrat, sah man auch nichts von dem Mechanismus. Wahrscheinlich hatte der Architekt die Fuge der Drehscheibe mit überlappenden Mosaiken oder Fliesen kaschiert.

Nur eines wurde Urban sofort klar. Wer nicht in das Haus hineingelangen sollte, der schaffte das auch nicht. Sämtliche Fenster waren mit massiven Rollgittern versehen. Die Türen sogar mit doppelten.

Aus ihrer Anordnung war zu schließen, daß man sie mit den Kontakten einer Alarmanlage gesichert hatte.

Der Einstieg durch die Kamine brachte in der Regel nichts als müllreife Kleidung. Es sei denn, man war nicht nur mager, sondern dünn. So dünn, daß die Polizei bei der Verhaftung mit einer statt mit zwei Handschellen auskam. In diesem Fall war man aber auch in der Lage, sich durch die Gitteröffnungen zu zwängen.

Leider gehörte Urban nicht dazu. Andererseits gehörte er zu jenen Menschen, die immer eine Idee hatten.

Falls die Villa wirklich drehbar sein sollte, befanden sich Karussellachse, Rollenlager der Drehscheibe sowie der Stellmotor unter dem Haus. Und der Klapperatismus mußte gewartet werden.

Urban verließ die Terrasse, umrundete das Fundament, sprang aber in Deckung, weil sich ein

Wächter näherte. Erst als Urban das Hecheln des Hundes nicht mehr hörte, suchte er weiter.

Er fand das Gitter und öffnete mit dem Nagelreiniger das Schloß. Hinter sich zog er das Gitter zu. Jetzt war er zumindest vor den Hunden sicher.

Nach mehreren Metern Beton stand er im Inneren eines runden Raumes von Manneshöhe und etwa dreißig Metern Durchmesser.

Alles war wie erwartet. Am äußersten Rand ruhte die mächtige Scheibe auf Hartgummirollen, so groß wie Schubkarrenräder. Sie sorgten für lautlose, erschütterungsfreie Drehung.

Die baumdicke Achse in der Mitte war über ein Umlenkgetriebe und drei handgelenkstarke Keilriemen mit dem Elektromotor verbunden. Ein Relaiskasten steuerte das Ganze nach den programmierten Wünschen. Im Moment ruhte der Betrieb.

Urban knipste das Punktlicht an und leuchtete damit den Drehscheibenboden, eine schwere T-Träger-Konstruktion ab. Auf den Trägern lagen Betonplatten. Eine davon hatte einen Durchlaß, eine Art Falltür, damit man den Antrieb vom Haus aus erreichen konnte. Ein Doppelreiber sicherte die Klappe.

Urban betätigte den Hebel, der auch den inneren mitnahm. Schon kam ihm die Klappe zentnerschwer entgegen. Mit Mühe hinderte er sie am Aufschlag.

In der Klappe war eine Aluleiter montiert. Daran kletterte er nach oben ins Haus.

Dem Geruch nach Gewürzen und Grillbraten zu urteilen, befand er sich in der Küche.

Mit der Vorsicht eines Indianers bewegte er sich in die Halle, von dort in den Livingroom, dessen Außenwände nur aus Glas bestanden. Mauerbögen machten das ganze Haus, bis auf Bad, Schlaf- und Gästezimmer, zu einem einzigen Raum.

Im Haus war es still. Mit Sicherheit hielt sich in dieser Nacht niemand hier auf.

Bevor Urban mit der Suche nach Beweisen begann, ließ er die Umgebung auf sich wirken. Der Sturm hatte den Himmel blankgefegt. Die hohen Fensterfronten sorgten für soviel Helligkeit, daß er ohne Lampe auskam.

In aller Ruhe machte er sich über den Schreibtisch her. Außer einem Terminkalender und Immobilien betreffenden Notariatsakten fand er nichts. In der letzten Schublade hinten lag ein Schlüssel, ein Sternschlüssel mit vier Bärten. Solche Dinger benutzte man nur für Safes. Also gab es auch einen Safe hier.

Wenig später stand er vor ihm. Der Architekt hatte Phantasie walten lassen. Den Safe tarnte nicht etwa ein Ölgemälde, sondern die in eine Wandnische eingebaute Bank aus rotem Marmor. Die Sitzfläche ließ sich schwenken. Darunter kam der Tresordeckel zum Vorschein. Leider sicherten ihn außer dem regulären Schloß noch zwei Zifferkombinationen.

Urban, der sich auf derlei Dinge verstand, in seiner Volontärzeit beim BKA war er von den besten Schränkern der Welt geschult worden, massierte die Hände und spitzte dann die Finger.

Das Ohr angelegt, drehte er die obere Rändelmutter von Raste zu Raste. Mit feinem Knacken bewegten sich die Federn. Reihenweise fielen die Sperren, bis ihn ein ohrenbetäubender Lärm, als habe man im Safe eine Tonne Schrauben und Muttern fallen lassen, hochfahren ließ.

Licht flammte auf und blendete ihn.

Nach Sekunden, als sich die Augen daran gewöhnt hatten, machte er zwei Spotlights hinter einem grobmaschigen Netz aus. Zwei Schritte, und er prallte gegen die fingerdicken Glieder eines stählernen Rollos.

So ähnlich, durchfuhr es ihn, denkt sich der Laie den Eisernen Vorhang. Das Gitter, es reichte fugenlos von der Decke bis zum Boden, war in der Wandführung eingerastet. Seine Fäuste brachten es in klirrende Bewegung, aber zu bewegen vermochte er es nicht.

Du hast etwas übersehen, dachte er, aber um dahinterzukommen fehlte ihm die Zeit. Er hörte Schritte, das Hämmern von Stiefeln auf Marmorboden, das Jaulen und gierige Gezerre von Hunden. Die Silhouetten von zwei Männern mit Maschinenpistolen begannen zu sprechen.

„Auf dich haben wir gewartet", sagte der eine.

„Wir zählen bis drei", verkündete der andere.

Und der erste fügte hinzu:

„Bis drei hast du die Hände oben oder du wirst nicht mehr in der Lage dazu sein."

Urban kam sich vor wie ein Gorilla im Zoo. Stark und trotzdem seinen Wärtern hilflos ausgeliefert.

10.

Das Frachtmotorschiff ‚Kreola' hatte vor vier Tagen die Inselgruppe Südgeorgien passiert und hielt weiter Kurs in das Weddell-Meer.

Auf siebzig Grad südlicher Breite begegnete man dem ersten Eis. Die treibenden Schollen wurden aber vom verstärkten Bug des Frachters mühelos zerstampft. Ein dumpfer Schlag, ein krachendes Bersten, und der Weg war wieder frei.

Getrieben von seinem 15 000-PS-Sulzer-Diesel näherte sich der Frachter nun dem Filchener Schelfeis und damit jenem antarktischen Sektor, der von Argentinien beansprucht wurde.

In der Nähe lagen die britische Shakleton-Station und die Ellsworth-Station der Amerikaner.

Unter nahe verstand man in diesen menschenleeren Breiten Entfernungen von tausend Kilometern und mehr.

Auf 76 Grad Süd 28 Grad West geriet der Frachter in fetten Nebel, wie er zu dieser Jahreszeit hier häufig auflag.

Dem Kapitän, einem Stabsoffizier der argentinischen Marine, kam dies außerordentlich gelegen.

Auch wenn so tief im Eismeer nicht mit Schiffsbegegnungen und amerikanischen Fernaufklärern zu rechnen war, so gab es doch die Beobachtungssatelliten. Und Satelliten schliefen niemals.

Geschützt von weiten, meist zusammenhängenden Nebelbänken, änderte die Kreola den Kurs auf Südost später auf Ost. Das Eis wurde dichter. Von nun ab wurde das Radar doppelt besetzt.

In der darauffolgenden Nacht tastete sich der Frachter durch immer seichter werdendes Fahrwasser in einen weiten, von turmhohen Eisriffen umstandenen Sund.

Astronomische und Funknavigation waren hier unten schon schwierig und ungenau. Auf das in die Kreola eingebaute Loran-Gerät wollte man sich auch nicht völlig verlassen. Deshalb ließ der Kommandant Wasserproben ziehen.

„Eine von diesen verdammten Buchten sieht aus wie die nächste verdammte Bucht“, fluchte er. „Je eine Probe Oberflächen- und Tiefenwasser alle zehn Minuten und sofort in den Geigerzähler damit.“

„Wird bereits durchgeführt, Señor Comandante“, bestätigte der I. Offizier.

Lange Zeit blieben die Proben hinsichtlich der Temperatur und des Salzgehaltes konstant. Die Radioaktivität war normal und kaum meßbar.

Doch plötzlich, in der Nacht, die Kreola glitt mit langsamer Fahrt am Eisrand der Küste entlang, kam ein Anruf aus dem Navigationsraum zur Brükke.

„Die Einheiten im Zählrohr nehmen zu.“

„Kurs beibehalten!“ befahl der Kommandant, und war neugierig auf die nächste Analyse.

Weil sie auf sich warten ließ, fragte er nach:

„Und jetzt, wie steht es?“

„Die Einheiten nehmen ab, Señor.“

„Dann sind wir vorbei“, befürchtete der Kommandant und wandte sich an seinen Obersteuermann:

„Kursänderung auf drei fünf null Grad.“

In vierzig Minuten hatte der Frachter wieder die alte Position. Eine erneute Wasserprobe ergab zunehmende Radioaktivität. Je näher sie an die Küste kamen, desto rapider nahm sie zu.

Am Morgen, als die schneebedeckte Landfläche schon so nahe war, daß man im Glas Einzelheiten von Felsformationen ausmachen konnte, sagte der Erste Offizier:

„Ich sehe die Signalbake, Señor.“

„Radioaktivität jetzt einhundertfünfzig Millirröntgen über Normpegel“ wurde gemeldet.

Der Kommandant nickte dem II. Wachoffizier zu.

„Klarmachen zum Ankern", befahl er. „Die Pinassenmannschaft soll in die Schutzanzüge gehen."

*

Im Laufe des Tages mußten die Matrosen die Arbeit von Pionieren leisten. Eine im sonst glatten Küstenschelfeis klaffende Spalte wurde mit vorgefertigten Aluminiumsandwiches überbrückt. Mit Teilen, die auch die Armee benutzte, wenn es galt, motorisierte Kolonnen über Flußläufe zu bringen.

Gegen Abend war die Schneefläche durchgehend bis zu den Bergen befahrbar. Eine andere Gruppe machte sich an die Aufstellung von Positionslampen.

Obwohl die Arbeiten durch die unförmigen Schutzanzüge und die Kälte erschwert waren, konnte der Leitende Ingenieur gegen Mitternacht Klarmeldung erstatten.

Der Kommandant rief seinen Funkmaat.

„Meldung an Basis. Falke kann landen!"

Der Smutje brachte heißen Kaffee. Der Kommandant und sein Erster Offizier wärmten die Hände an den Tassen.

„Weshalb diesmal die Verzögerung, Señor?" fragte der Oberleutnant.

„Man hält uns wohl nicht für klug genug, daß wir auch die richtige Ladung nehmen."

„Für zu dumm also."

„Nun, das Depot ist ja auch ein mittleres Chaos. Die Winterstürme haben das ihre dazugetan."

„Vergessen Sie nicht, wie lange das Zeug hier schon lagert."

„Seit der Nautilus-Katastrophe, denke ich, Señor."

„Eher etwas früher. - Unser Einsatz ist außerdem sehr teuer. Man glaubt, es sich nicht leisten zu können, daß wir auch nur eine Tonne von der falschen Ware laden."

Der Kommandant schaute auf die Uhr.

„Bis sie da sind, vergehen zehn Stunden. Machen wir solange klar bei Backbordauge. Die Radarwache wird uns rechtzeitig wecken."

Der Frachter lag abgedunkelt in der Bucht. Alle Bulleyes und Schotts waren geschlossen. Nur ein Hilfsdiesel lief. Er lieferte Strom, und mit seinem Kühlwasser wurden die von der Besatzung bewohnten Räume beheizt.

Auf Deckposten hatte man verzichtet. In diesen Breiten kam es selten vor, daß sich unerwünschte Besucher einem Schiff näherten.

*

Das Militärflugzeug war schneller als erwartet. Es kam im Morgengrauen.

Die Bodenmannschaft ergänzte die Landebefeuerung durch Rauchfackeln, die auch die Windrichtung anzeigten. Da die zweimotorige Propellermaschine Kufen unter den Rädern hatte, kam sie glatt auf.

Nachdem sie vom Ende der Landebahn zum roten Thermozelt geglitten war, stellten die Piloten die Motoren ab. Sofort wurden diese mit Planen umhüllt und an Wärmegeräte angeschlossen, die sie auf Temperatur hielten. Gleichzeitig hatte sich die Rumpftür geöffnet. Die Aluleiter rutschte heraus. Gestalten in silbernen Folienanzügen, mit Schutzhelmen und rucksackartigen Atemfiltern auf dem Rücken, verließen die DC-3.

Der Offizier der Bodenmannschaft machte Meldung. Dabei erkannten Coronel und Capitan ihre Augen nur durch die getönten Visiere hindurch. Rangabzeichen oder Namensplaketten gab es nicht an den Schutzanzügen.

Ein Vierertrupp begab sich zum Depoteingang. Um das Lager, das im Lauf von zehn Jahren tief in den ewigen Schnee eingesunken war, zu erreichen, mußte man über Eisstufen nach unten klettern.

Was sich den Augen der Männer darbot, war ein frostglitzerndes Höhlensystem von den Abmessungen mehrerer Fußballfelder.

Lampen wurden aufgestellt. Einer der Vermummten entnahm dem Aktenkoffer eine Liste. Indem er den Helm an den Helm eines anderen legte, unterhielten sie sich.

„Wie hoch ist die Radioaktivität?"

„Neuer Halbwert, Señor. Noch etwa vierzig Prozent über der Gefahrengrenze."

„Ohne Schutzanzüge geht da nichts."

„Und nur wenige Stunden, Señor."

„Das da sind die Codezahlen."

„Stammen sie aus dem Pentagonarchiv?"

„Dieses Archiv gibt es nicht mehr. Die Codezahlen wurden anhand unserer eigenen Probetests ermittelt."

Der Offizier des Frachters überflog die Listen.

„Neuntausend Tonnen diesmal."

„Wielange brauchen Sie für die Übernahme?"

„Sie kennen die Probleme, Señor. Bis das Material oben ist, auf den Schlitten, auf den Prähmen, dann an Bord, in den Laderäumen."

„Sie haben doch modernste Geräte."

„Wir schaffen zwanzig Tonnen in der Stunde."

„Zwei Wochen also bei drei Schichten."

„Wenn es keine Ausfälle gibt. Das letztemal hatten wir einen Toten und mehrere Verletzte."

„Das liegt in Ihrer Verantwortung", entgegnete der Coronel. „Gehen Sie jetzt an die Arbeit, Capitan."

Unter Anleitung der Experten wurden alle Kisten, Fässer, Kartons und Paletten, die für den Abtransport in Frage kamen, gesucht, aufgespürt und gekennzeichnet.

Schneefräsen schnitten von oben eine lastwagengroße Öffnung in die Depotdecke. Der Hydraulikkran rollte vorsichtig heran und ließ das erste Ladenetz in die Tiefe.

Jedesmal hob er sieben Tonnen ans Tageslicht und verteilte das Material auf die flachen Schlitten. Der Schlepper zog die Schlitten zu den Landprähmen, deren Bugteile sich rampenartig vorklappen ließen.

Kaum waren diese Prähme unterwegs zur ankernden Kreola, überbrachte der Copilot dem Kommandeur der Operation einen Funkspruch.

„Vom Hauptquartier, Señor."

Der Coronel überflog den dechiffrierten Text und fluchte.

„Was bedeutet das?"

Sein Adjutant verstand auch nur soviel, wie er der zweiundzwanzig Worte umfassenden Order entnehmen konnte.

„Sofortiger Abbruch, Señor."

„Warum, diablo!"

„Rückstart. Die Kreola soll die Bucht verlassen

und auf den Koordinaten neunzehn-sechsundsiebzig Warteposition beziehen."

„Warum das?" fragte der Coronel wieder, doch niemand gab ihm Antwort.

Nun, das Oberkommando in Buenos Aires würde schon wissen, was es befahl. Der Coronel nahm den Helm ab.

„Herhören!" rief er mit seiner scheppernden Kommandostimme. „Alles wird auf Null gebracht. Rückzug. In einer Stunde will ich keinen Mann und nicht eine Schaufel mehr auf dem Eis sehen."

Noch einmal überflog er den Funkspruch.

„Von Sprengen steht nichts da", bemerkte er höhnisch.

„Nein", bestätigte der Adjutant, „von Auslösung der Selbstzerstörungsanlage finde ich nichts im Befehl, Señor. Auch die Brücke über die Eisspalte soll bestehen bleiben."

„Verstehen Sie das?"

„Wer Gott in seinem unerfindlichen Ratschluß versteht, Señor Coronel, der versteht auch das Hauptquartier."

Am frühen Nachmittag, die Sonne hing da wie eine Schweinsblase im Dunst einer Wurstküche, brachten die DC-3-Piloten ihre Sternmotoren in Gang.

Wolken von Schneestaub hinter sich lassend, startete das Flugzeug und verschwand bald im Grau der Dämmerung.

Der Zugang zum Depot wurde wieder geschlossen. Alle Geräte an Bord des Frachters verbracht. Um zweiundzwanzig Uhr rissen die Spills der Kreola die Anker aus dem Grund und spulten die Ketten in die Lasten.

Wenig später sprang der Hauptdiesel an. Mit hundert Schraubenumdrehungen pro Minute zog er den 20 000tonner in Rückwärtsfahrt aus der Bucht ins tiefe Wasser.

Auf der vorgeschriebenen Position wartete das Schiff weitere Befehle ab.

11.

„Überlaßt ihn mir!" entschied die dunkelhaarige Frau im eleganten Abendkleid.

Ihre Überraschung meisterte sie nur deshalb so rasch, weil sie angetrunken war. Gewiß kam sie von einer Party. Als sie am Gitter stand, wurden ihre rehbraunen Augen erst groß, dann gerieten sie in den Schatten der Lider.

Sie fragte nicht, wer er sei und was er hier suche. Beides schien sie zu ahnen.

„Ein gewöhnlicher Einsteigdieb ist er nicht", sagte der Wächter, der jetzt beide Hunde hielt.

„Ich werde es aus ihm herausquetschen."

Ramona gab den Männern einen Wink.

„Gitter hoch und fesseln!"

Ein Schalter wurde betätigt. Unterputzmotore rollten das Gitter auf. Die Hunde zerrten an der Leine und wurden nur mühsam gebändigt, während der andere Wächter Urbans Hände mit dünnem Hanfseil zusammenband. Er bugsierte ihn in einen Sessel, dann gingen sie.

„Wenn Sie Hilfe brauchen, Señora", sagte der mit den Hunden.

Ramona Xernandez entnahm dem Schrank einen

langläufigen Revolver und begann die Trommel sorgfältig zu laden.

„Dann rufe ich. - Und jetzt verschwindet!“

Sie wirkte überreizt und nervös. Ihre Erregung verstärkte den Duft des exotischen Parfums, das sie immer noch benutzte.

Sie goß Tequila in ein Glas, trank aber nicht.

Draußen hatte es aufgebrist. Ab und zu packte eine Sturmbö das Haus.

„Ich bin nicht so betrunken“, sagte sie, „daß ich dich nicht erkannt hätte. Im Gegenteil. Ein wenig Alkohol schärft die Sinne.“

„Dann durchschaust du ja die Lage.“

„In die du uns gebracht hast, Bob. Was, zum Teufel, suchst du in meinem Safe?“

„Die Beweise.“

Sie lachte, aber es klang eher traurig als belustigt.

„So begegnet man sich wieder.“ Kopfschüttelnd trank sie. „Vieles habe ich mir gewünscht, nur das nicht. Von mir aus brauchte es nicht an einem Palmenstrand zu sein, oder in einem Luxushotel. Ich wäre auch nach Grönland gereist, um dich wiederzusehen, aber hier in meinem Haus, vor meinem Safe als der Mann, den sie suchen wie kaum einen anderen, das ist mit Verlaub zu sagen . . .“

„Was?“

„Wahnsinn.“

„Dann bin ich also in die Honigfalle gerannt.“

„Ich habe alles versucht, sie von dir abzulenken, ihnen klarzumachen, daß du keinerlei persönliche Interessen an der Sache hättest.“

„Ich hatte kein Interesse“, gestand er, „anfangs. Auch die Sache mit der Todesmühle in den Pyrenäen akzeptierte ich noch als sportliches Spiel mit Leben und Tod. Aber als in Paris ein Unschuldiger zerfetzt wurde, von da ab, Baby, war es anders."

Sie nickte, als wisse sie genug darüber.

„Und jetzt?"

„Wir sollten versuchen lebend herauszukommen", schlug er vor. „Es wird schwierig genug sein."

Sie betätigte eine Glocke. Ein dritter Wächter, den Urban noch nicht gesehen hatte, betrat den Raum.

„Meinen Wagen!" befahl sie.

„Und dieser Mann, Doña?"

„Das erledige ich", herrschte sie den Leibwächter, einen jungen, mißtrauisch dreinblickenden Costaricaner, an. „Oder wollen Sie ihn auf der Hacienda umlegen und verbuddeln?"

„Was darf ich im Falle eines Anrufes melden?"

„Die Wahrheit", sagte sie, „alles läuft nach Programm. Bis morgen früh bin ich zurück."

„Sehr wohl, Señora."

Bald darauf hörte Urban einen Wagen vorfahren.

Während er vor Ramona Xernandez herging, spürte er den Lauf des Colts in seinem Rücken, bis er im weißen Buick saß.

Flutlicht beleuchtete die Ausfahrt. Es regnete wieder. Der Sturm arbeitete schwer in Bäumen und Büschen.

„Dieser Leibwächter", bemerkte Urban, „ist doch mehr als nur Aufpasser."

„Ja, sie spionieren mich aus", gestand Ramona, „deshalb haben wir nicht viel Zeit."

Er blickte sie an, während sie den schweren Sechsmeterwagen durch das Tor lenkte.

„Ich mag es, wenn du lachst", sagte er, „aber du bist noch viel schöner, wenn du ernst bist."

„Und häßlich, wenn ich weine“, erwiderte sie. „Sieh zu, daß es nicht dazu kommt.“

Das eiserne Tor fiel hinter ihnen zu.

Ramona bog auf die talwärts führende Straße ein.

„Es gibt noch einen anderen Weg, aber den schafft nur der Range-Rover.“

„Vermutlich folgen sie uns.“

„Mit Sicherheit sogar.“

„Hinter der Kurve steht mein Taxi.“

„Ich sah es, als ich nach Hause kam.“

Ohne daß er ihr seinen Plan erläuterte, stoppte sie neben dem Taxi. Urban rief etwas hinüber.

„Bleib dicht hinter uns!“

Dann hielt er Ramona die Fesseln hin.

„Keine Angst, ich werde dich nicht vergewaltigen.“

„Das hast du schon“, antwortete sie. „Ich fürchte, daß das, was ich jetzt mache, mit freien Entschlüssen nichts zu tun hat.“

„Und mit Liebe?“ erkundigte er sich.

„O verdammt“, fluchte sie, „Liebe ist nicht mal ein brauchbares Wort. Man sollte es aus seinem Sprachschatz tilgen.“

*

Das einäugige Taxi blieb hinter ihnen bis hinein nach San José.

Ramona vermied die Hauptstraßen und nahm die schlecht beleuchteten, kaum asphaltierten Straßen der Vororte.

„Was hast du dir von diesem Einbruch versprochen?“ wollte sie wissen.

„Hinweise und Beweise.“

„Woher das Giftgas kommt?“

„Und die verseuchten Konserven. Denn das stammt doch alles aus einer Kiste und ergibt auch nur so einen Sinn.“

„Nämlich welchen?“

„Die Amerikaner und die Engländer damit unter Druck zu setzen, daß man hinausposaunen würde, was für brutale Menschenverächter sie doch sind, wenn es um Machtinteressen geht.“

„Ja, es ist verbrecherisch - von beiden Seiten.“

„Du wußtest davon?“

„Erst seit wenigen Tagen“, äußerte sie, „überblicke ich es in seiner vollen Tragweite.“

„Deshalb steigst du jetzt aus. Denn was du tust, ist nichts anderes als ein Ausstieg.“

„Sie erpressen mich. Mit ihrer Hilfe weitete ich meine Unternehmen aus. Sie belieferten mich oft bevorzugt. Daß sie sich damit nur eine private Organisation aufbauten, die sie irgendwann für ihre Zwecke rigoros einsetzen würden, das ahnte ich damals noch nicht.“

„Und trotzdem“, bemerkte er, „stammt der Tip von dir.“

„Wußte ich denn, wie es kommen würde, als ich ihnen erzählte, daß es Überreste aus dem letzten Krieg gab, aus denen Millionen herauszuholen wären.“

„Die Depots?“

„Die du anläßlich deines Vortrages neunzehnhundertvierundsiebzig in Brüssel erwähntest. Ich besorgte mir Unterlagen. Aber allein konnte ich das Problem nicht bewältigen. Ein professioneller Geheimdienst mußte erst den Standort der Endlager ermitteln.“

„Das übernahmen sie für dich.“

Urban hatte zwar eine Vorstellung gehabt, wer dahintersteckte, aber jetzt wurde das Bild schärfer.

„Sie wollen die USA und England unter Druck setzen. Was fordern sie?“

„Alte Kredite zu verlängern und neue herauszurücken.“

Urban setzte die Bausteine zusammen. Es konnte sich nur um einen hochverschuldeten Staat handeln, der über einen Geheimdienst verfügte und in dem Spanisch gesprochen wurde. Mexiko schied aus vielerei Gründen aus.

„Argentinien“, tippte er.

Ramona nickte kaum merkbar.

„In El Salvador“, fuhr er fort, „setzten sie Giftgas ein. Material aus dem Zweiten Weltkrieg, wie es die Alliierten gegen unsere Vergeltungswaffen für alle Fälle vorrätig hielten. Aber mit den Konserven in Afrika war es etwas anders. Die wurden schon mit Giftzusätzen, vermutlich mit Botulinus-Fleischgiftbakterien, hergestellt. Man hatte sie für US-Depots auf dem pazifischen Kriegsschauplatz bestimmt.“

„Mein Gott“, stöhnte Ramona.

Urban ersparte ihr nichts.

„Es gibt nur eine Erklärung. Man plante, falls japanische Einheiten anders nicht zu besiegen sein würden, sie gewisse US-Depots erobern zu lassen. Dort sollten sie Konserven vorfinden, die auf japanischen Geschmack abgestimmt waren. Huhn mit Gemüse, vielleicht auch Thunfisch mit Gemüse. Die Japaner hätten sich durch den Genuß dieser Konserven selbst erledigt. Eine schlafende oder sterbende Division überrennt man leichter.“

„Kam das Mittel denn zum Einsatz?“ fragte Ramona entsetzt.

„Das wird man nie erfahren“, befürchtete Urban. „Berichte darüber verschwanden für die nächsten hundert Jahre in den Pentagon-Archiven, ebenso wie die Berichte über die Entlaubungsaktionen in Vietnam und die Wirkung von Napalm-Flächenbomben. Aber einige überraschende Erfolge der Amerikaner anno vierundvierzig lassen durchaus den Schluß zu, daß ihre Spezialkonserven Wirkung erzielten.“

Ramona Xernandez war in eine Sackgasse geraten. Sie wendete. Aber erst mußte das Taxi wenden. Sie überholten es. Der Fahrer mit dem einäugigen Chevrolet setzte sich wieder brav hinter sie.

„Wird Zeit, den Wagen zu wechseln“, schlug Urban vor. „Wo haben wir eine bessere Chance, am Flugplatz oder unten an der Küste?“

Während Ramona noch überlegte, faßte er zusammen.

„Die Argentinier also. Und wo liegt das Depot?“

Sie behauptete, es nicht zu wissen.

„Mein Frachter Kreola übernimmt die Ware. Aber sie wechseln vorher die Besatzung gegen ein Marine-Spezial-Kommando aus.“

„Und was vermutest du? Liegt das Depot auf Feuerland, in Südgeorgien?“

„Die Kreola ist meist vier Wochen unterwegs.“

„Genug Zeit, um fünftausend Seemeilen zurückzulegen.“ Urban fiel etwas ein. „Woher stammt die radioaktive Strahlung, die man in El Salvador gemessen hat?“

An diesem Punkt konnte Ramona nur vermuten.

„Ich belauschte einmal ein Gespräch. Sie erwähnten ein U-Boot, das irgendwo Reaktorschaden erlitt. Vermutlich in der Nähe des Endlagers.“

„Möglicherweise hatte es den Auftrag, die Deponie zu vernichten."

„Der Reaktorschaden hinderte es an der Durchführung des Auftrages."

„Und jetzt ist dort alles so verseucht, daß die Amerikaner nichts zu unternehmen wagen."

„Oder man hat das Lager längst vergessen. Das mit dem U-Boot liegt auch schon zwanzig Jahre zurück."

„Eines der ersten Nautilus-Boote, wie?"

„Da bin ich überfragt, Darling."

Urban steckte sich eine Schwarze an.

„Bist du auch überfragt, wenn ich dich als Ortskundige jetzt bitte, die Entscheidung Flugplatz - oder Küste zu treffen? Der Dschungel ist wohl nicht sehr sicher."

„Und nicht ganz unser Geschmack, fürchte ich."

„Kann man hier ein Flugzeug chartern?"

„Wo willst du hin mit ihm?"

„Nach Washington", erklärte er. „Du wirst dort eine Aussage machen. Damit entlastest du dich, und wir legen den Strick von deinem Hals auf die Hälse anderer Herrschaften."

„Washington ist weit."

„Die Nacht ist stürmisch und lang."

„Besser wir fahren zur Küste. Dort gibt es ebenfalls Flugzeuge, und meine Yacht liegt auch da."

„Nach Kalifornien schaffen wir es locker in vier Tagen."

Urban ergriff jetzt die Initiative.

„Zum Flugplatz. Dort parkst du dein Prachtstück von Straßenschlitten."

Am Flugplatz stiegen sie in das Taxi um.

„Jetzt zur Küste!" Urban reichte dem Fahrer einen Dollarhunderter.

„Muß nur erst noch tanken", rief der Alte nach hinten.

*

Sie erreichten die Küste gegen Morgen. Der Sturm wehte jetzt in Orkanstärke.

„Auf dem Luftweg gibt es unter diesen Umständen kein Wegkommen", befürchtete Urban.

„Mit dem Schiff auch nicht."

„Aber auch unsere Verfolger haben es schwer."

Das Taxi kämpfte sich zum Hafen durch. Urban legte noch einen Extra-Schein als Schweigegeld dazu und übergab dem Fahrer einen zusammengefalteten Zettel, der eine Kurznachricht enthielt.

„Wenn du das trocken bei der amerikanischen Botschaft ablieferst, bist du der Größte."

„Ich bin der Größte", versprach der Alte.

„Und laß deinen Scheinwerfer in Ordnung bringen. Grüße an Frau und Bambinos."

„Viaja con dios!" Der Fahrer wendete und war nicht mehr zu sehen, weil seine Rücklichter auch nicht brannten.

Sie hatten Mühe, daß sie der Sturm nicht vom Anleger wehte. Ramonas Motoryacht arbeitete schwer in den Leinen. Ihre Fender rieben sich und knarrten gegen die Rümpfe der Nachbarboote.

Urban zog das Heck heran, half Ramona hinüber und sprang hinterher.

Als er die Salontür gegen den Winddruck zugestemmt hatte, schlang sie die Arme um seinen Hals und küßte ihn mit regennassem Gesicht.

„Heilige Madonna“, sagte sie, „gerettet!“

Er schaute sich um.

„Hier sind wir noch lange nicht sicher“, erklärte er, „wo bleibt dein Instinkt?“

„Er ist voll auf dich konzentriert“, gestand sie, „so wie damals in Brüssel. Er hat nur ein paar Jahre vagabundiert. Zehn Meter von hier ist ein wunderhübsches Schlafzimmer. Was macht es aus, wenn es ein wenig schaukelt.“

„Das stört mich nicht“, sagte Urban, „aber der Gedanke, daß ich einen Kollegen hatte, der im Bett samt seiner Geliebten durch eine einzige Kugel getötet wurde, läßt mich nicht los.“ Er brachte sich auf Abstand zu dieser tierhaft sinnlichen Frau. „Wie sieht die Küste hier aus? Hast du Karten?“

„Ich kenne dich nicht wieder“, entgegnete sie, „aber du hast gewiß recht. Was nützt die schönste Stunde des Lebens, wenn das Leben hinterher beendet ist.“

Sie nahm die Treppe zum Fahrstand, öffnete die Schubladen am Navigationstisch, und Urban holte heraus, was er brauchte.

Etwa fünfzehn Meilen südlich des Hafens entdeckte er eine Bucht, geschützt von einer fingerartig gekrümmten Landzunge.

Er deutete darauf.

„Dort sind wir nicht allein“, befürchtete Ramona.

„Gewiß werden auch Fischerboote unterschlupfen, aber sie geben uns Deckung gegen Luftaufklärung.“

„Und wie bringst du die Yacht heil aus dem Hafen, Scipper?“

„Keine Ahnung“, sagte er, „für Blechschaden kann

ich so gut wie garantieren. Aber die Ramona hat einen stabilen Aluminiumrumpf."

Sie schob sich auf den Drehsessel am Fahrstand, lehnte sich zurück und zeigte ihre langen rassigen Beine.

„Bei Ramona hat man auch nicht gespart."

Unbeirrt ließ er die beiden Dieselmaschinen an. Bis die Fernthermometer Betriebswärme anzeigten, hangelte er sich über Deck, um die Leinen von den Krampen zu lösen.

Der Sturm packte die Yacht und warf sie hart gegen das Nachbarboot. Urban spürte schmerzhaft wie die Rümpfe einbeulten, wie Planken krachten, wie sich die Reling verhakte und wegriß. Er turnte zum Fahrstand, drückte das Wendegetriebe auf Vorwärtsgang. Die Propeller rumpelten los.

Während eines Manövers für Reserveoffiziere der Bundesmarine hatte er einen Zerstörer bei auflandigem Wind gegen den Strom in einem engen Hafenbecken gewendet und heil durch die Molenköpfe gebracht. Anschließend hatte er einen vierzehnfachen Bourbon gebraucht.

Das Manöver damals mit dem 4000tonner war ein echtes Vergnügen gewesen gegen den Versuch, die Yacht in tornadoartigem Sturm auf See zu zwingen.

Aber nur, wenn er etwas unternahm, was die anderen für Wahnsinn hielten, hatte er eine Chance gegen sie.

*

Gegen Mittag duckten sie sich hinter dem Vorgebirge von San Thomas wie das letzte Küken unter die Henne.

Zwischen den Sardinenkuttern und Thunfischfängern, die hier Schutz suchten, warfen sie Anker und gingen dann unter Deck.

„Was meldet der Wetterbericht?“ fragte Urban reichlich kaputt.

„Keine Änderung vorerst.“

„Eine Mauer um uns baue“, zitierte Urban.

„Wie meinst du das?“

„Ist aus einem Gedicht. Die marodierende französische Armee zog am Haus einer Frau vorbei. Sie bangte um sich und ihre Kinder. Sie beteten und der Herr baute eine Mauer. Über Nacht war das Haus eingeschneit. Die Soldaten sahen es nicht.“

„Wie geht es weiter?“ Ihre Lippen zuckten vor Verlangen.

„Am liebsten wäre mir jetzt ein Telefon“, gestand er, „aber das habe ich nicht.“

„Du hast mich.“ Sie schmiegte sich an ihn. „Du kannst mit mir machen was du willst. Ferngespräche führen, Nahgespräche, Blitzgespräche . . .“

Er wollte nicht behaupten, daß er in Hochform sei, aber sie machte ihn auf eine Weise an, daß er nichts anderes mehr im Sinn hatte, als Erinnerungen aufzufrischen und nachzusehen, welche Fortschritte seine einst so gelehrige Schülerin in Latein und Mathematik gemacht hatte. Sie las es ihm von den Augen ab, kleidete sich aus und ging mit ihm unter die Dusche. Später brachte sie Champagner und ließ es prickeln. Innerlich und äußerlich.

Mit allem, was sie hatte, streichelte sie seinen Körper. Mit denLippen, den Händen und den Brüsten.

Und was die Gleichung mit zwei Unbekannten betraf, hatte sie sehr rasch herausgefunden, wie X ermittelt werden konnte. Auch in Mathematik hatte sie erstaunlich viel dazugelernt.

„Übung macht den Meister“, staunte er.

„Oder ein langer Verzicht“, flüsterte sie zufrieden und entspannt in seinen Armen.

Sie nahmen nicht nur das Abendessen, sondern auch das Frühstück im Bett ein. Zum Glück waren Kühlschrank und Vorratslasten so gut bestückt wie die Treibstofftanks.

„Ein gutes Ende“, sagte Ramona. „Ich fürchtete immer, daß es einmal schiefgehen könnte.“

„Man soll nie Dinge tun, bei denen man ein mieses Gefühl hat.“

Sie lachte und tat nichts dagegen, daß ihre Brüste aus dem Laken hervorschnellten.

„Wie fühlst du dich jetzt, Roberto?“

„Von Mal zu Mal besser.“

In der Pantry stapelte sich das Geschirr. Die leeren Champagnerflaschen unter dem Bett rollten im Seegang hin und her und die Ascher füllten sich.

Ab und zu peilte Urban das Wetter. Es war unverändert. Auch drüben bei den anderen Booten, den Kuttern und Yachten tat sich nichts an Deck.

„Weitermachen mit gammeln“, meldete er Ramona, „es bläst mindestens noch einen halben Tag. In der kommenden Nacht, denke ich, hauen wir ab nach Norden, Kurs Golf von Kalifornien.“

Sie verfehlten das Schlupfloch um knapp eine Stunde. Der Sturm hatte ein wenig nachgelassen, und Urban hielt die Zeit für den Ausbruch für gekommen, als ein Kutterrumpf gegen die Bordwand der ‚Ramona‘ krachte.

Urban jumpte sofort mißtrauisch aus dem Bett und griff nach Ramonas Revolver mit dem langen mexikanischen Lauf. Kutterleute hatten ihre Boote stets so im Griff, daß sie kein fremdes Fahrzeug anrempelten.

Nackt, im offenen Bademantel, stürzte Urban den Niedergang hinauf. Da standen zwei. - Und das waren keine Sardinenfischer.

Der eine schwenkte eine Maschinenpistole, der andere eine Eierhandgranate.

Urban feuerte in das Stück grauen Himmel, das er zwischen ihnen sah und hoffte, es würde sie beeindrucken.

Zwar gingen sie beiseite, aber der mit der Eierhandgranate riß am Zünder und ließ das gerippte Stahlding die Treppe hinabkollern.

Mit einem Satz war Urban vom Zwischengang im Schlafzimmer und haute die Tür zu.

„Deckung!“ schrie er.

Schon warf ihn der Explosionsdruck von der Tür bis ins Bett zu Ramona.

Als sie wieder zu sich kamen, starrten sie in schußbereite Läufe. Ein Dritter war noch hinzugekommen. Über dem hellen Maßanzug trug er eine gelbe Öljacke.

„Dachte du wolltest mich anrufen, Ramona“, bemerkte er höhnisch.

„Du warst nicht zu erreichen, Hernandos“, gab sie trocken zurück.

„Dafür hast du ihn auf diese Weise gefesselt.“

„Wie du siehst.“

„Auf dich ist immer Verlaß, Baby.“ Hernandos gab den zwei Killern einen Wink, aber sie waren nicht sicher, was der Chef haben wollte.

„Sollen wir sie hier umlegen?“

Hernandos schaute sich um.

„Nein, nicht auf ihrem eigenen Schiff", entschied er, „wir werden eine ganz besondere Gruft als letzte Ruhestätte für sie aussuchen."

12.

Im Pentagon, dem amerikanischen Verteidigungsministerium, herrschte Ratlosigkeit, was daher kam, daß auch von der Geheimdienstzentrale in Langley eine gewisse Ratlosigkeit ausging.

Schuld daran trug die Information, die ein costaricanischer Taxifahrer beim Botschafter der USA in San José abgegeben hatte.

Von dort war sie umgehend auf zwei Wegen, per Telex und per Telefon, weitergeleitet worden.

General Perkins hielt die Nachricht solange für verstümmelt, bis der zuständige Mann bei der CIA sie bestätigte.

„Kein Zweifel, Sir, der Text lautet: CV US-Army/dreiundvierzig - PD Null Null neun. Endlager radioaktiviert, vermutlich durch U-Boot-Reaktor."

Der General verglich die Buchstaben und Ziffern mit seinem eigenen Aufschrieb.

„Baten Sie San José um Rückbestätigung?"

„Diese liegt mittlerweile vor."

„Von wem hat der Taxifahrer den Zettel?"

„Er beschrieb den Mann sehr genau. Das Botschaftspersonal in Costa Rica kennt ihn nicht. Trotzdem sind wir durchaus in der Lage, uns gewisse Vorstellungen über ihn zu machen. Es dürfte sich um einen Deutschen handeln, einen BND-Agenten mit Decknamen Mister Dynamit. Der Kontakt, den er bis Panama mit uns hielt, weist ebenfalls auf den Code CV-US Army et cetera hin."

„Es soll sich um Konserven handeln. Stimmt das?" hinterfragte der General das Problem.

„Um offenbar sehr alte Konserven, Sir, die während des Zweiten Weltkrieges hergestellt wurden. Unterlagen dafür müssen sich in Ihren Archiven befinden. Bei uns sind sie jedenfalls nicht vorhanden."

Die Schuld lag nicht bei der CIA, da sie in ihrer jetzigen Form 1945 noch gar nicht bestanden hatte. Doch dies war heute kein Streitpunkt.

„Diese Akten sind samt und sonders vernichtet", erklärte der General.

„Man sollte jeden noch so wertlos scheinenden Fetzen Papier aufheben, Sir."

„Dann würden sich die Akten von hier bis zum Mond stapeln. Bei der Umstellung auf EDV hat eine Kommission jedes einzelne Blatt überprüft, ob es wert ist, gespeichert zu werden. Da die alten Depots geräumt und aufgelöst waren, sah man keinen Grund zur elektronischen Archivierung."

„Nun", meinte der Mann von der CIA, „der erste Teil der Nachricht läßt sich auch ohne Dechiffriermaschine entschlüsseln. Es handelt sich um Dauerkonserven der Armee, Bestandteil von B-Rationen, die speziell für den Kriegsschauplatz in Ostasien hergestellt wurden. Inhalt der Dosen: Hühnerfleisch mit Gemüse. Als Würzung dürfte Soja verwendet worden sein."

„Das in Japan ach so beliebte Soja", fügte der General nicht ohne Hohn hinzu. „Aber vergaßen Sie nicht etwas zu erwähnen?"

„Die Dosen wurden dreiundvierzig gefüllt und

über das Pazifik-Depot mit der Nummer neun verteilt."

„Das meinte ich nicht", unterbrach der General und senkte die Stimme, obwohl ihr Ferngespräch über Zerhacker lief und kaum mitgehört werden konnte, „aber diese Konserven waren doch gar nicht für den Verbrauch bei der US-Army bestimmt."

Der CIA-Mann zögerte mit der Antwort.

„Ich hörte davon, Sir."

„Sie sollten in Dschungeldepots, die man in die Hände der Japaner fallen lassen wollte, diesen als willkommene Bereicherung ihres mageren Speisezettels dienen. Weshalb man einen besonderen Gruß mitschickte."

„Es stimmt also?"

„Man soll Botulinus dafür ausgewählt haben, die Fleischgiftbakterie."

Nach längerer Pause bemerkte der CIA-Beamte:

„Gut, daß es keine Unterlagen mehr gibt."

„Schlimm genug, daß noch Partien der Konserven herumgeistern."

„Wurden sie denn nach dem Waffenstillstand nicht sorgfältig eingesammelt und vernichtet?"

„Das müssen wir doch voraussetzen."

„Wurden im Siegestaumel vielleicht hie und da ein paar Tonnen vergessen?"

„Auch das müssen wir annehmen", räumte der General ein. „Nur aus solchen Partien können die Dosen, die wir in der Oase Qum vorfanden, stammen."

„Und wo kommen sie her?"

Damit waren sie wieder am Ausgangspunkt ihres Gespräches angelangt.

„Das Depot soll radioaktiv strahlen", erwähnte der General.

„Radioaktivität wurde schon an der Kamera eines toten Reporters, der in El Salvador starb, gemessen."

„Sie meinen, diese verdammte Giftgasgeschichte?"

„Aber was haben die Japan-Konserven mit Giftgas zu tun?"

„Nur soviel, daß Konserven und Gaswaffen in einer gemeinsamen Vernichtungsaktion beseitigt werden sollten."

„Auf welche Weise, Sir? Grub man sie ein, versenkte man sie im Meer?"

Der General antwortete, indem er ein Stichwort aus dem Telex verwendete.

„Radioaktiv durch defekten U-Boot-Reaktor. Wir sind dabei, dies zu prüfen."

„Ich höre von Ihnen." Damit legte der Mann in Langley auf.

*

Sämtliche auf modernen Atom-U-Booten aufgetretenen Unfälle waren in der Abteilung Marinetechnik auf das Sorgfältigste registriert. Die Schwierigkeit bestand jedoch darin, unter den Tausenden von kleinen und großen Pannen das richtige Ereignis herauszufiltern.

Einem besonders scharfsinnigen Mitarbeiter gelang immerhin eine zeitliche Eingrenzung.

„Ich erinnere mich", sagte er, „daß die letzten Geheimdepots mit militärischem Gut aus dem Zweiten Weltkrieg Anfang der Sechziger Jahre geräumt waren. Große Mengen davon hat man in unzugängliche Gebiete der Erde verbracht."

„Im Jahr neunzehnhundertachtundfünfzig wurde unser erstes Atom-U-Boot, die Nautilus, in Betrieb genommen."

„Bis August hatte sie bereits das Nord-Polareis unterquert!"

„Es gab mehrere Boote der Nautilus-Klasse."

„Und alle führten sie eine Reihe von Geheimoperationen durch."

„Aber nicht auf jeder Reise", bemerkte einer der Marinetechniker, „kam es zu so katastrophalen Unfällen, daß Radioaktivität aus den Reaktoren austrat."

„Eigentlich ist das eine recht seltene Panne."

Der Cheftechniker der Marine gab das Stichwort.

„Reaktorunfälle zwischen neunundfünfzig und neunundsechzig. Laßt diese Fragestellung mal durchlaufen."

Die Computer wurden gefüttert und griffen die Magnetspeicher ab. Bevor die Drucker ansprangen, ergingen sich die nervös wartenden Experten in Mutmaßungen.

„Genaugenommen hatten wir nur drei Unfälle mit Austritt von Radioaktivität", bemerkte einer.

„Einen vor Japan. Das war damals die Sauerei mit den verseuchten Fischen."

„Und einen Unfall, als ein Kühlwasserrohr riß."

„Zum Glück bei der Ersterprobung vor San Diego. Sie konnten das Leck dichten, bevor die Naturschutzapostel antanzten und ihre Geigermeßrohre zum Thunfischfang mitnahmen."

„Einmal kam es zu einer Havarie nahe Gibraltar."

„Und einige Boote gingen ganz verloren. Die Tresher zum Beispiel."

„Und ein Polaris-Boot."

„Das Boot von Commander Adams nicht zu vergessen."

„Das man nie fand."

Der Drucker ratterte. Die ersten Klartextaussagen des Speichers lagen vor. Der elektronische Alleswisser lieferte auch nicht mehr als die Gehirne der Experten, die noch nach dem althergebrachten System funktionierten.

„Der Computer scheint sich auf das Adams-Boot hochzurechnen", rief der Operator.

Sie ließen ihrem taubstummen Helfer Zeit.

Er druckte das Datum, an dem das U-Boot die Meldung vom Reaktorunfall abgesetzt hatte, aus. Sie war verstümmelt angekommen. Seitdem hatte man nichts mehr von Commander Adams und seiner Besatzung gehört.

„Laut Standortangabe vom Vortag hatte das Boot 70 Grad Süd mit Polarkurs überschritten."

„Wie lautete der Auftrag?"

„Zerstörung eines Endlagers am Rande der Weddell-See."

Der Admiral winkte dem Marine-Cheftechniker und zog ihn beiseite.

„Diese neuen Erkenntnisse sind ja furchterregend", flüsterte er, „wir nahmen an, das Boot liege auf dreitausend Meter Tiefe. Wir konnten es nie genau orten und deshalb auch nicht heben. Offenbar kämpfte es sich noch ein Stück an die Küste heran, um sich in seichtere Gewässer zu retten."

„Deshalb die anhaltende Radioaktivität des Meeres dort."

„Und der im Endlager noch vorhandenen Materialien."

Der Admiral wischte sich über die Stirn.

„Nun wird mir einiges klar."

„Mir ebenfalls, Sir. Wir baten damals die argentinische Marine um Hilfe bei der Suche nach dem Havaristen. Angeblich hatten sie das ganze Gebiet um die Weddell-Bucht abgesucht. Sie meldeten kein Ergebnis, obwohl sie das Boot möglicherweise fanden."

„Und das Depot dazu."

„Sie schwiegen, um das Wissen für ihre Zwecke zu nutzen."

„Und heute erpressen sie uns damit."

Nach längerem Schweigen sagte der Admiral:

„Aber nicht mehr lange."

Die beiden hohen Marineoffiziere waren sich im klaren darüber, daß die USA nichts unternehmen konnten, wenn sie nicht einen Konflikt auslösen wollten, der gegen den Falklandzwischenfall ein wirklicher Krieg sein würde.

„Diesen ganzen Sektor beansprucht Argentinien."

„Zwischen zwanzig und fünfzig Grad West."

„Sie betrachten es als ihr Gebiet."

„Darin sind sie ungeheuer empfindlich. Jetzt, nach der Niederlage bei den Falklands, sind sie sogar hochempfindlich."

„Bedeutet das, daß wir nichts tun können?"

Der Admiral stieß die Hände in die Sakkotaschen. Man sah, daß er die Hände in den Taschen zu Fäusten ballte.

„Wenig", erwiderte er, „wäre geprahlt. Gar nichts können wir machen. Gar nichts."

„Nur den Daumen draufhalten."

Der General zog das linke Lid herunter. Er war übermüdet und sein Lid deshalb stark gerötet.

„Und ein Auge", ergänzte er, „und ein scharfes Auge."

13.

Es wurde eine Reise vom Tag in die Nacht. Aber die Nacht nahm kein Ende. Sie wurde immer dunkler.

„Wo bringen sie uns hin?“ fragte Ramona, bei der Zwischenlandung auf einem Flugplatz, der auch auf dem Mond hätte liegen können.

Es war das erste Mal, daß sie wenige Sätze austauschen konnten. Die Maschine wurde wieder einmal aufgetankt und die Bewacher hatten sich in die Baracken verzogen.

„Wir fliegen seit Panama immer nur nach Süden.“

„Aber sie werden nachlässig.“

Urban lachte bitter.

„Das können sie sich leisten. Sie wissen, daß wir hier niemals wegkommen. Selbst wenn man uns frei ließe, hätten wir nur geringe Chancen.“

„So weit weg von der Zivilisation ist das?“

„Das Ende der Welt, Gnädigste, der Anfang vom Ende der Welt.“

„Für mich war das immer der Südpol.“

„Dahin ist es nicht mehr weit.“

Urban betrachtete den Sternenhimmel und glaubte, die Corona austrina zu sehen, die südliche Krone.

„Sind wir auf Feuerland?“

Er nickte.

Ramona schien zu frösteln.

„Auf der letzten argentinischen Flottenbasis hier unten wurde stets die Besatzung der Kreola ausgewechselt.“

„Wie oft fuhr sie hierher?“

„Dreimal.“

„Was ist die Kreola für ein Schiff?“

„Zwanzigtausend Tonnen. Dieselfrachter.“

„Welche Besonderheit hat sie?"

„Keine. Als Kombifrachter kann sie so gut wie alles laden. Schüttgut, Stückgut, Container."

„Nur kein Öl."

„Aber einer der Laderäume ist für temperaturempfindliche Güter ausgelegt."

„Gefrierfleisch?"

„Auch Bananen."

„Nun, Kühlgeräte braucht die Kreola da unten nicht. Eher einen Eisbrecherbug."

„Den hat sie", äußerte Ramona.

„Wie kommt sie dazu?" wollte Urban wissen.

„Ich habe das Schiff nicht bauen lassen. Ich bin auf der Eignerliste die vierte Position. Die Kreola gehörte einer chilenischen Reederei, die sie speziell für den Einsatz im Südatlantik, in der Polarregion und zur Versorgung der Inselstützpunkte um Cap Hoorn vorsah. Der Inhaber der Reederei starb. Seine Erben wirtschafteten das Unternehmen binnen eines Jahres in Grund und Boden. Ich ersteigerte die Kreola."

Urban schloß den Kreis seiner Gedanken.

„Dann werden sie uns wohl auf Eis legen."

„Es wäre einfacher, uns über dem Meer aus der Maschine zu werfen."

„Dafür sind wir beide zu prominent", befürchtete Urban. „Man würde uns suchen und Fragen stellen. Findet man uns aber beide erfroren in der Antarktis, fällt die Erklärung leichter."

„Wie leicht?" fragte Ramona.

„So leicht, wie man einen Geheimagenten und eine Frau wie Lady X, die gemeinsam ihr Ende in einer Giftschrottdeponie fanden, eben zusammenbringt."

„Da sind jede Menge romantischer Erklärungen möglich, wie?"

„Jede Menge“, pflichtete ihr Urban bei.

Die DC-3 schluckte so viel Sprit, daß Urban auf das Vorhandensein von Zusatztanks schloß.

Vier Mechaniker nahmen sich der Sternmotoren an. Außerdem wurden an die Fahrwerkbeine noch Kufen montiert.

Wenig später kamen die fünf Männer aus der Baracke herüber. Zwei Piloten, zwei uniformierte Wächter und der Zivilist, der offenbar für die korrekte Abwicklung der Liquidation verantwortlich war.

Urban sah, wie Ramona unter den Handschellen litt. Man hatte sie sehr eng gestellt und am Sitzgestänge gesichert.

„Sie behandeln einen wie ein Stück Vieh“, stöhnte sie.

„Solange wir gefesselt sind“, sagte Urban, „besteht Hoffnung. Erst wenn sie uns die Fesseln abnehmen und uns unserem Schicksal überlassen, dann ist es wirklich aus. - Und vorbei.“

*

Die alten Pratt & Whitney-Motoren liefen leider wie Uhrwerke. Sie überhitzten nicht, fielen nicht aus, und die Tragflächen setzten auch kein Eis an.

So planmäßig wie die Isartalbahn fährt, flogen sie hinein in eine endlose neblige Dämmerung. Im Grau des Meeres tauchte eine Inselgruppe auf.

Urban vermutete, daß es die Süd-Shetlands waren.

Nach einem Sprung übers Meer wurde das Land in der Tiefe weiß. Das konnte nur die Palmer-Halbinsel sein.

Urban zwang sich in den Schlaf. Vielleicht brauchte er seine Kräfte und seine Konzentrationsfähigkeit doch noch einmal.

Als er erwachte, ging es auf sieben Uhr.

Unter ihnen dehnte sich wieder das Meer, durchsetzt von Treibeis.

Seit dem letzten Zwischenstop waren sie sechs Stunden unterwegs. Die DC-2 dürfte damit 2500 Kilometer zurückgelegt haben und bald am Ende ihrer Reichweite sein.

Urban irrte sich. Sie hatte noch Sprit für weitere drei Stunden in den Tanks. Dann erst verließ das Flugzeug die Reisehöhe und beschrieb einen weiten Suchkreis.

Die Sicht war durch Nebelbänke und das Dämmerlicht stark behindert, trotzdem sah man die gezackte Linie, die das Eis gegen das graue Meer abzeichnete, deutlich.

Die Piloten fuhren die Landeklappen aus, drosselten die Motoren und gingen so tief hinunter, daß die Spitzen der Bergkette im Süden über ihnen standen. Offenbar suchten sie nach Landemarkierungen.

Es dauerte so lange, daß Urban schon fürchtete, sie würden sie niemals finden, als die DC-3 hart aufgesetzt wurde.

Kreischend schrammten die Kufen über das Eis.

Nach einer kilometerlangen Gleitstrecke kam die Zweimotorige zum Stehen.

Urban hatte gar nicht bemerkt, wie die drei Mann der Begleitung im Heck des Flugzeugs verschwunden waren. Jetzt kamen sie wieder. Sie trugen silbrigglänzende Schutzanzüge, die gewiß aus mehreren Isolierschichten bestanden. Sie streiften Handschuhe über und setzten Schutzhelme auf, deren

Atemschläuche zu einem Filterpack liefen, den sie als Rucksack mit sich führten.

Der Zivilist erteilte Befehle.

„Erst auftanken!"

Die Männer stiegen aus, stapften über das Eis, legten an der Flanke eines schneebedeckten Hügels eine Tür frei und rollten Fässer herüber.

In der Regel lebten hier in der Antarktis, wo die Küste ans offene Meer grenzte, Robben und Pinguine. Urban sah nicht ein einziges Tier. Vermutlich hatte sie die radioaktive Strahlung, gegen die sich die Argentinier mit ihren Aluminiumpanzern schützten, ausgerottet.

Man würde ihn und Ramona also nicht nur in der Kälte zurücklassen, sondern auch im Zentrum eines Strahlungsherdes. - Was für ein hübsches wärmendes Feuerchen.

Er sagte Ramona nichts davon.

Als sie fragte, was das für Anzüge seien, sagte er:

„Gegen die Sonne, Baby, nur gegen die Sonne. Der eine baut sich ein drehbares Haus, der andere benützt Aluminiumanzüge."

*

Der Zivil tragende Supervisor drückte Urban noch eine Pistole in die Hand.

„Sie sind Reserveoffizier", erklärte er, „ich bin Reserveoffizier. Sie sind Oberst, ich bin Coronel. Wenn wir unsere Kräfte auch gegeneinander einsetzten, so sollen Sie doch nicht krepieren müssen wie eine Ratte im Weltraum. Falls Sie es nicht mehr ertragen können, machen Sie Schluß! Rasch und kompromißlos. So wie Sie gelebt und so wie Sie gekämpft haben.

Sie sind der Mann, Dynamit, der unsere Pläne durcheinanderbrachte. Deshalb müssen Sie hier sterben. Damit nichts unseren neuen Start behindert. Was uns in den Pyrenäen und in Paris nicht glückte, hier haben wir die Garantie dafür, daß es klappt."

Urban nahm die Waffe.

„Tausendprozentig", sagte er. „Aber in der Waffe befindet sich kein Magazin, Señor Hernandos-Connors."

„Ich werfe es aus der Maschine, wenn wir abfliegen."

Bis die Tanks gefüllt waren, vergingen neunzig Minuten. Der Kommandoführer machte sich indessen draußen bei der Eisspalte zu schaffen. Als er zurückkehrte, war alles soweit.

Die zwei Deportierten, sie hatten nur am Leib, was sie an Bord der Yacht getragen hatten, weiße Seglerhosen, Pullover und eine Jacke darüber, wurden aus der Wärme der Kabine auf das Eis gebracht. Dort löste man ihnen die Fesseln.

Kälte, die der Wind noch fühlbarer machte, ließ sie frösteln.

Die Anlasser der Flugmotoren sangen. Die Propeller drehten sich. Unwillig und knatternd sprangen die Triebwerke an.

Nach kurzem Warmlauf wendete die DC-3 und glitt zum Pistenende. Wie versprochen warf der Kommandoführer ein volles Magazin heraus. Er hatte es sogar in eine rote Plastiktüte gewickelt.

Dann schloß er das Rumpfschott. Am Startpunkt richteten die Piloten die DC-3 genau aus. Die Motoren heulten auf. Der Propellerwind fetzte den Schnee zu einer Wolke hoch.

Nach wenigen hundert Metern Anlauf hoben sie die Maschine ab und brachten sie auf Nordkurs.

„Komisch", sagte Ramona, „selbst der Abschied von seinen Mördern hinterläßt ein bißchen Wehmut."

„Es waren die letzten Menschen, die wir je gesehen haben."

„Als hätte man uns auf einem fremden Stern zurückgelassen."

Urban deutete auf die Öffnung im Hügel, aus der sie die Benzinfässer herangerollt hatten.

„Dorthin!" rief er. „Ich fürchte, gleich passiert etwas."

„Was fürchtest du?"

„Er hat sich draußen an der Eisspalte zu schaffen gemacht. Sie wird auf etwa fünfzehn Meter Länge überbrückt, damit Flugzeuge landen und starten können. Vermutlich eine Pionierkonstruktion."

„Was kann er damit vorhaben, von da oben aus?"

„Es gibt Funkzündungen und Zeitzünder. Gehen wir besser in Deckung."

Sie hatten den Hügel noch nicht erreicht, als sie die Druckwelle der Explosion packte.

Eine halbe Meile entfernt wirbelten Trümmer und Eisstücke hoch empor. Feuer und Rauch wurden durch stäubenden Schnee gedämpft wie durch einen Gazefilter. Zwei Donnerschläge rollten über das Eis hinaus aufs Meer.

„Das war's", sagte Urban, „jetzt kann hier kein Flugzeug mehr landen."

„Und Hubschrauber?"

„Für die ist es zu weit."

Die DC-3 am Nordhimmel war nur noch ein Punkt.

Die Tür im Hügel stellte den Eingang zum Depot dar. Stufen führten durch eine Eisröhre schräg nach unten. Die Temperatur betrug hier um Null Grad. Es kam ihnen warm vor.

Urban hatte zwei Streichhölzer angerissen. Mit dem dritten entdeckte er Kerzenstummel, die er von Schneekristallen befreite und zum Brennen brachte.

Die Wände glitzerten, als seien sie mit Millionen Pailletten bestickt.

Schneehügel unterschiedlicher Größe, als hätte man riesige weiße Dominosteine wahllos verteilt, bedeckten den Boden der Halle.

„Ich habe mir das Lager anders vorgestellt“, sagte Ramona.

„Das Eis überzieht alles. Es wird auch uns erobern.“

„Gibt es gar keine Chance?“

„Die Aussichten für eine Blume, auf einer Stahlplatte Wurzeln zu schlagen, sind besser.“

Urban nahm die Kerze und begann das im Eis versunkene Depot zu durchwandern.

Alles lag ungeordnet herum. Kisten mit Konserven, Behälter mit Munition für Haubitzen, Stapel von Bazookas und Handgranaten, Abwurftanks, leere Blechcontainer.

In einer Ecke entdeckte er zwei steife Wachmäntel aus Schaffell. Die Wolle war nach innen verarbeitet. Sie trugen noch die Rangabzeichen von Bootsmaaten der US-Navy. Sie kneteten die Mäntel weich und zogen sie an.

„Das Problem wird die Nahrung“, befürchtete Urban.

„Wie steht es mit Wasser?“

„Das können wir mit einem Benzinfeuer aus Eis gewinnen. Benzin ist noch genug da."

„Und die Radioaktivität?"

„Schätze, die läßt sich in unserer Lage vernachlässigen. Bis die Reststrahlung zur Wirkung kommt, hat man uns längst vergessen."

Urban hatte die Runde durch das Endlager fast beendet, als er sah, daß es hinter einem Kistenstapel noch weiter ging und jenseits der sich anschließenden Halle noch einmal.

Von allen Stapeln klopfte er die Eiskristalle. Er fand genug C-Rationen für ein eingekesseltes Regiment. Jeder Karton enthielt alles, um einen Soldaten für eine Woche zu versorgen. Aber man hätte das Zeug nicht hierhergebracht, wenn es nicht verseucht gewesen wäre.

Wütend trat er einen der Stapel um.

Plötzlich tat sich dahinter ein neues Loch auf. Eine Öffnung, die zu gleichmäßig rund war, um nicht von Menschenhand angelegt worden zu sein.

Man gelangte in einen Gang, in eine Röhre aus gerippten Blechen. Sie bildete einen Wurmfortsatz, der sich am Ende verdickte. Zweifellos der tiefste Punkt des Depots.

Der Raum war bis zur Decke mit handlichen Kisten vollgestapelt.

Die Brandzeichen am Hartholz konnte man noch lesen.

„Sprengstoff!" entzifferte Urban. „Offenbar hatte man die Absicht, das Lager in die Luft zu jagen. Aber man kam nicht mehr dazu."

„Wegen des Reaktorunfalls auf dem U-Boot?"

Urban suchte nach einem Zünder, fand jedoch keinen. Soweit waren die Vorbereitungen damals nicht gediehen, daß alles für die Sprengung bereit gewesen wäre.

„Ist das nicht gefährlich?“ wollte Ramona wissen.

„Leider nein“, antwortete Urban. „Auf einem Sack voll TNT ohne Zünder kannst du so ruhig schlafen wie auf einem Sack voll Daunen.“

Mit einemmal hatte er eine Idee.

Warum war das Depot in zwanzig Jahren so tief abgesunken? Dafür gab es nur eine Erklärung.

Ehemals auf Eis über felsigem Untergrund liegend, war der Gletscher weitergewandert. Jetzt hatte sich seine Zunge in die Bucht hinausgeschoben und schwebte zwanzig oder fünfzig Meter dick über den Tiefen.

„Unter uns ist die See“, vermutete Urban.

„Dann werden wir uns nasse Füße holen.“

„Das kann noch Jahre dauern“, Urban begann zu rechnen, „oder man hilft ein wenig nach.“

„Mit einer Säge oder was?“ spottete sie.

„Eine Million Tonnen Eis“, erwiderte er, „zersägt niemand.“

Er dachte an die Erfahrung, die er in den Pyrenäen gemacht hatte. Dort hatte Regenwasser, das in den Bergen zusammenfloß, ein Mühlrad in Bewegung setzen sollen, das einen Dynamo antrieb, der den Zündfunken lieferte. Diese Technik hatte er hier nicht zur Verfügung, dafür aber etwas anderes.

Urban zählte die Fässer mit dem Flugzeugsprit durch. Ein volles und ein halbleeres waren übrig. - Das konnte reichen.

Nun schleppte er mehrere Bazookas aus dem Depot ins Freie und machte diese mit Mühe schußklar. Er zerlegte die verrotteten Dinger und baute aus drei Bazookas eine zusammen, die dann auch wirklich Leben von sich gab.

Auf ihrem Flammenstrahl raste die Ladung in einen Schneehügel und barst dort.

„Es geht“, murmelte er.

„Was hast du vor?“ fragte Ramona, die sich nur noch mit größter Mühe aufrecht hielt.

Die Nervenbelastung kostete ihre ganze Kraft. Bisher hatte sie die Panik, die Angst vor dem Sterben nicht gezeigt, aber das verbrauchte ihre letzte Energie.

Urban versuchte sie mit einer Erklärung abzulenken.

„Die TNT-Ladung in der Tiefe hat keinen Zünder. Würde ich eine Panzerfaust hineinschießen, dann kämen wir nicht mehr weg. Also muß ich versuchen, einen Zünder mit Vorlauf zu bauen.“

„Schön. Und dann?“

„Wir befinden uns hier“, fuhr er fort, „wenn ich nicht irre, auf einem Eisbalkon, der auf dem Meer schwimmt, aber noch fest an der Küste hängt. Durch die Sprengung könnte er sich lösen.“

„Abbrechen, meinst du.“

„Und eine Insel bilden.“

„Die rasch abschmelzen wird.“

„Aber dabei auch nach Norden treibt.“

„Was ist schneller, das Schmelzen oder das Abtreiben?“

„Können wir etwa wählen?“ fragte er.

Urban sah, wie sich Tränen in ihren Augen bildeten. Stumm schüttelte sie den Kopf.

Über einer Konservenbüchse, in die Urban Benzin geschüttet und entzündet hatte, schmolz Ramona in einer größeren Dose Schnee zu Wasser.

Inzwischen schaffte er Dutzende von Kisten dorthin, wo jetzt der Rand des Eises war, und baute eine Art Iglu daraus.

Als sich alles, was sie brauchen konnten, es war wenig genug, an Ort und Stelle befand, machte sich Urban über den Zündmechanismus Gedanken.

Er experimentierte mit einer Bazooka, die er im Stollen einvisierte und über Kabelzug auszulösen versuchte. Dabei würde ihn die Detonation mit neunundneunzig prozentiger Sicherheit erwischen. Ein zu hohes Risiko.

Dann kochte er eine Handgranate in brennendem Benzin. Die erste explodierte nach zwölf Sekunden, die zweite schon nach sieben Sekunden.

Er benötigte aber wenigstens zwei Minuten, um an den Rand der Höhle zu gelangen.

Nun häufelte er in der TNT-Kaverne Handgranaten. Auf die Granaten setzte er eine große leere Konservenbüchse, legte den Boden mit vier weiteren Eierhandgranaten aus und setzte darauf eine Kerze.

„Aber wie", fragte er Ramona, „kriegst du das Benzin in den Topf?"

„Mit einem Schlauch, davon haben wir genug."

„Und wie lange dauert das?"

Nächster Versuch.

Urban öffnete den Hahn an einem der Benzinfässer, ohne an der Füllschraube zu drehen. Dadurch fand kein Druckausgleich statt. Das Benzin konnte nicht heraus.

„Bis das Benzin unten die Sprengkaverne erreicht", sagte er, „vergehen siebzig Sekunden. Immer noch zu kurz."

„Kannst du den Verschluß nicht aus einer halben Meile Entfernung aufdrehen?"

„Nicht ohne komplizierte Vorrichtung", befürchtete Urban. „Allerdings gibt es eine einfache Möglichkeit. Man schießt ein Loch in das Blechfaß."

Er opferte drei Patronen aus dem Pistolenmagazin. Schon bei zehn Meter Entfernung prallte die Kugel vom Blech ab.

„Eine Bazooka würde es schaffen", meinte Ramona.

„Die schafft gleich soviel, daß kein Benzin mehr übrig bleibt, um den Topf mit der Kerze im Keller zu füllen."

„Und wenn du erst Benzin in den Topf und dann die Kerze . . ."

„Ich könnte mir nie verzeihen", sagte er, „dich hier alleine gelassen zu haben, Romanita."

Er saß ziemlich niedergeschlagen da.

Es wurde kalt. Im eisigen Wind wurde es noch kälter. Fast zehn Stunden hockten sie jetzt an diesem verseuchten Drecksort.

Urban wog die Pistole des Argentiniers in der Hand.

„Wozu noch die Umwege", fragte er, „erst du dann ich."

„Du gibst auf?"

„Bald."

„Das darfst du nicht."

„Ich bin restlos fertig."

„Denk bitte . . ."

„An was? Aber man könnte noch", sagte er, „den Schlauch mit Benzin füllen. Mit ein paar Litern nur, und oben abklemmen. Dadurch kann das Benzin unten nicht heraus. Aber es ist drin. Dann könnte man den Schlauch mit einem Schuß durchlöchern."

„Reicht dann die Zeit?"

„Nein", befürchtete er.

*

In seiner Not wagte Urban eine tollkühne Konstruktion.

Der mit mehreren Litern Benzin gefüllte Schlauch wurde mit Hilfe gestapelter Konservendosen so hoch über einem Benzinfeuer befestigt, daß sein Kunststoff in etwa einer Minute schmelzen würde, und so dem Inhalt Luft zum Fließen gab.

Urban schickte Ramona an den Rand des Eises. Dann warf er ein Streichholz in den Benzintopf. Als die Flamme züngelte, rannte er los.

Wenn seine Berechnung aufging, dann schaffte er es knapp. - Dann schaffte er vielleicht zweihundert Meter.

Während er über das Eis hetzte und sich quälte, Tempo zu halten, lief in seiner Vorstellung die Prozedur ab.

Das Feuer schmolz den Gummi. Das Benzin im Schlauch bekam Luft und rann nach unten. Das ging schnell. - Für die hundertachtzig Meter brauchte es etwas mehr als eine Minute. Am Ende sprudelte es in den Behälter mit der brennenden Kerze. Der geringste Spritzer genügte, um das Benzin entflammen zu lassen. Bald kochte es brennend auf. Die Hitze schlug zurück und briet die Handgranaten so, daß ihre Zünder reagierten. Die Handgranaten würden dann das TNT hochjagen.

Binnen zwei Minuten.

Oder auch nicht.

Na schön, er war einmal hundert Meter in zwölf Sekunden gelaufen, schon lange her. Aber mit Spikes, im Sportdress, auf einer Aschenbahn, in Hochform. Jetzt war er in schlechter Form, trug zentnerschwere Klamotten und hatte unter sich Eis mit Schneebelag darauf.

Er konnte froh sein, wenn er hundert Meter in einer Minute schaffte.

In seinen Lungen stach es. Er glitt aus. Er taumelte. Vor seinen Augen sah er nur noch Flammen, fließendes Benzin, eine brennende Kerze, Handgranaten, TNT-Kisten.

Er wischte sich den Schnee aus den Augen. Der hölzerne Iglu am Rand des Eises war zum Greifen nah.

Ramona stand da. Sie wartete auf ihn und winkte.

Verdammt, dachte er, was knobeln die Menschen bloß alles aus, um andere Menschen kaputtzumachen.

Da packte ihn etwas mit der Urgewalt eines Tornados. Wie von einem Wirbelsturm wurde Urban gebeutelt und hochgerissen und wieder zu Boden geschleudert.

In diesem Augenblick, als er in Bewußtlosigkeit versank, wußte er, daß die Sprengladung gezündet hatte.

Dann schlief er lange, wie in einem kalten schwankenden Bett.

Die Eisscholle trieb nach Norden. Das Meer wurde wärmer und die Insel schmolz an den Rändern ab.

In der Nacht brach sie zusätzlich noch in der Mitte, nahe der Stelle, wo das Kisteniglu stand. Aber der tödlichen Strahlung waren sie entronnen. Ein Aufenthalt von achtzehn Stunden brachte einen stabilen Organismus nicht um.

„Das bißchen Radioaktivität", sagte Urban, „das absorbieren wir. Ein Gesunder hält das aus."

„Und was halten wir nicht aus?"

„Ein Bad im Meer. Es hat höchstens drei Grad."

„Wer will hier schon baden."

„Wenn die Scholle abbröckelt, Stück für Stück, wenn sie schmilzt, dann ist es soweit."

„Wann?"

„Noch bevor wir verhungert sind."

„Wann?"

„Noch bevor uns die Amerikaner finden werden, falls sie sich nicht beeilen."

„Warum sollten sie das?"

„Weil ich sie davor bewahrte, in eine schlimme Bredouille zu kommen."

„Bredouille?" Ramona versuchte zu scherzen. „Klingt ein bißchen wie Bouillon. Eine heiße Rinderbouillon, das wäre jetzt was Feines."

Er blickte noch eine Weile in die tiefstehende rote Sonnenscheibe, dann kroch er in die Notunterkunft, dichtete sie gegen die Kälte ab und rauchte die letzte halbe Zigarette.

„Du glaubst, daß sie uns suchen?" fragte sie.

„Wenn sie meine Nachricht erhalten haben und ein bißchen darüber nachdenken, dann schon."

„Und wenn sie uns finden?"

„Sind wir gerettet."

„Dann wandere ich bestimmt ins Gefängnis.“

„Mach dir nichts draus, Ramonita. Besser dort, als ein ganzes Leben tot.“

Sie schmiegte sich eng an ihn, suchte seine Wärme, während die schwankende Eisinsel langsam nach Norden trieb.

„Na schön“, flüsterte sie, „auch Haftstrafen haben mal ein Ende. Wenn ich jemals aus Sing-Sing herauskomme, dann rufe ich dich an.“

„Okay“, sagte Urban, „ruf mich an!“

ENDE

Als MISTER DYNAMIT Band 167
erscheint in vier Wochen:

Das Doppeladler-Mosaik

C. H. Guenter

Der eine lebt in Amerika, der andere in Rußland. Jeder für sich ist ein harmloser Wissenschaftler, aber zusammengebracht können sie wie Pulver und Funke werden.

Sie lernen einander auf Mallorca kennen und freunden sich an. Bald spüren sie die Macht in ihren Händen, aber auch, daß sie von den Geheimdiensten manipuliert werden.

Zur gleichen Zeit forscht der Geheimagent MISTER DYNAMIT in der Sinai-Wüste nach den Gründen für einen Flugzeugabsturz. Unter Lebensgefahr nähert er sich mit kleinen Schritten der Aufklärung.

Ein alltäglicher Fall, bis Bob Urban merkt, daß er damit den Schlüssel zum spurlosen Verschwinden von zwei Wissenschaftlern in Händen hält, die letzten Steine für

DAS DOPPELADLER-MOSAIK

und damit die Chance, die USA und die Sowjetunion aus dem Netz zu befreien, das ein verbrecherisches Regime über die Großmächte geworfen hat, um sie zu erdrosseln.

DYNAMIT-Leser
blicken hinter die Kulissen des Weltgeschehens